內衣(女)孩任你擺佈

Lingerie girl wo okini mesu mama
Presented by Hanama Tomo
illustration sune

花間燈
繪：sune

花間燈
繪：sune
內衣女孩任你擺布
Lingerie girl wo okini mesu mama
Presented by Hanama Tomo
Illustration:sune

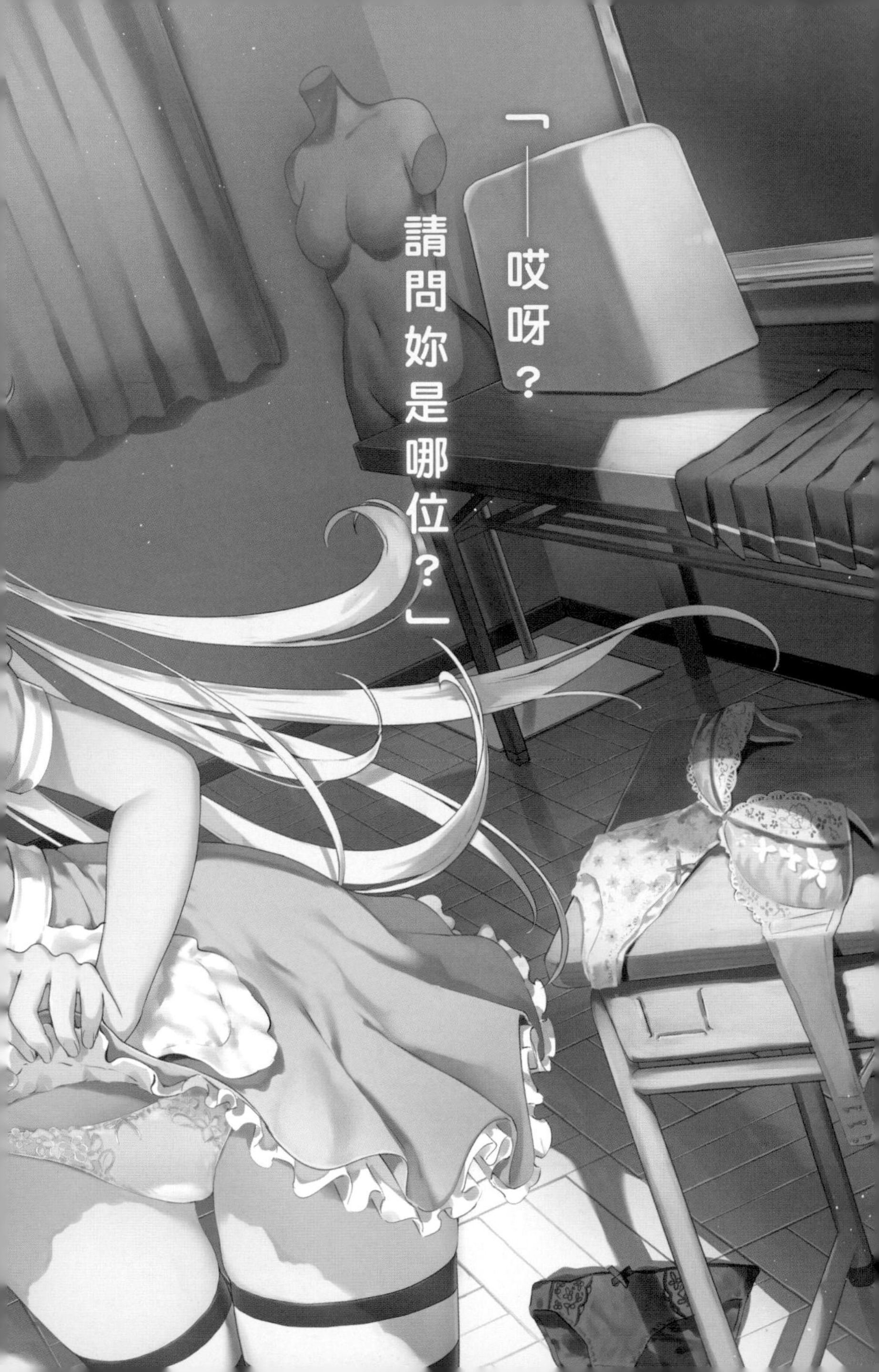
「——哎呀？
請問妳是哪位？」

Lingerie girl
wo
okini mesu mama

「啊，雪菜同學當然也很漂亮喔。」

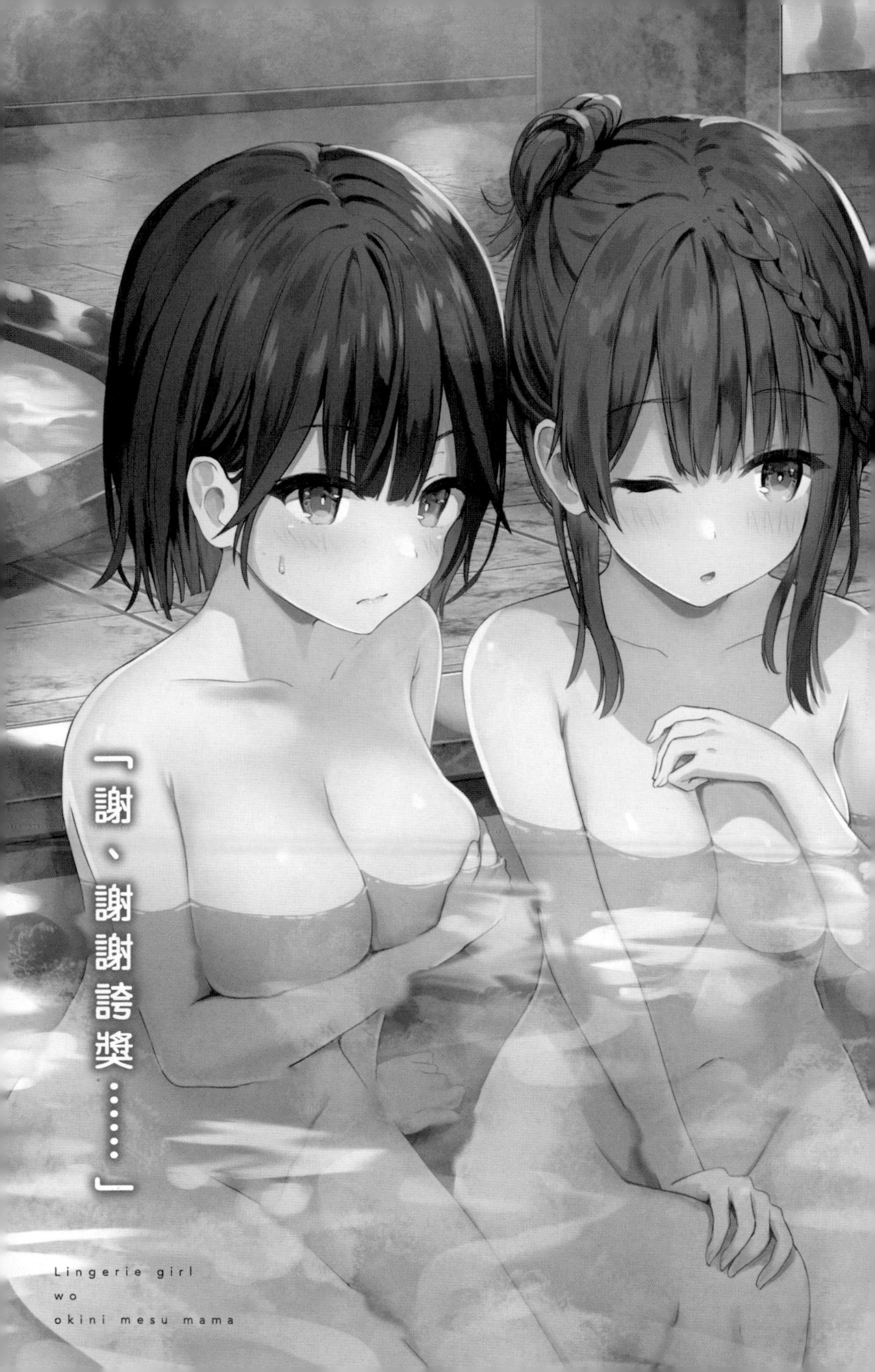
「謝、謝謝誇獎……」
Lingerie girl
wo
okini mesu mama

Lingerie girl
wo
okini mesu mama
水野 澪
浦島恵太

長谷川雪菜
北條絢花
佐藤 泉
吉田真凜

CONTENTS

序章

「——啊，是RYUGU的新產品。」

澪在前往打工地點途中停下腳步，站在某間店前。

那是間開在鄰近車站的鬧區一樓，散發出時尚氛圍的內衣專賣店。

時值假日，剛過了中午，一位留著中長髮的少女獨自走在街上，目光被商店櫥窗裡的內衣所吸引。

「好可愛……」

模特兒衣架上的，是一件帶有鮮豔藍色的內衣。

那件內衣設計美麗大方且討喜。

不僅是十來歲少女，就連成熟女性穿上也非常好看，這可稱得上是絕妙的平衡。

色調以藍色為基底，肩帶和緞帶則用象牙色點綴，為胸罩添增了柔和氛圍。

而內褲連同緞帶採相同設計，也是十分可愛。

「可惜，價格一點都不可愛……」

少女看了一眼標價嘆道。

應該說，那根本不是高中生能夠輕易出手的金額。

相同價格，都能買到她現在穿的春季休閒褲和開襟衫了。
不過這件內衣定價偏高有著充分理由。
因為這是出自於一間以「重視品質更勝於成本」為賣點的內衣公司。
內衣品牌「ＲＹＵＧＵ・ＪＥＷＥＬ」。
這間通稱ＲＹＵＧＵ的品牌，內衣都使用精挑細選的材質，且一切加工都在國內工廠進行，不僅設計獨具美感，連穿起來的舒適度也是深受好評。
縱使價格昂貴，仍廣受年輕女性喜愛，就連這位少女——水野澪也是其中一位憬憬著ＲＹＵＧＵ內衣的女孩子。
「希望有一天，我也能穿上這樣的內衣……」
可惜它對現在的自己來說，實在高不可攀。
這份戀心般焦急的想法如同單行道。
「究竟是怎樣的人，才能做出如此出色的內衣……」
肯定是位與這件內衣十分相稱的出色女性吧。
澪腦中想著，並繼續趕路，離開前還不忘回頭再看一眼。
斜眼看去，那件內衣仍像顆細細琢磨而成的華美寶石，彷彿散發出光輝。

◇

「男生果然比較喜歡胸部大的女生吧？」

星期一中午，澪的朋友吉田真凜，在二年E班教室說出這句話。

幾個女生圍在一張桌子，其中一名嬌小綁著短雙馬尾的可愛女生坐在椅子上，視線正對著眼前的澪。

「澪澪覺得呢？」

「這個嘛，我個人認為，單純用胸部大小來評價女生的男生再差勁不過了。」

「哦哦……澪澪說話好嗆……」

「是說，妳怎麼突然問這個？」

回答澪問題的不是真凜，而是圍繞在桌旁的另一位朋友──

「好像是小凜喜歡的人說了這樣的話。」

擁有即使坐著仍顯而易見的修長身型，特徵是留有一頭短髮的美人胚子──佐藤泉如此說明，轉眼間消除了澪的疑惑。

「啊啊，原來如此。是在講瀨戶同學啊。」

「等等!?澪澪妳別說出名字啦！要是被人聽到怎麼辦！」

「糟糕，不好意思。」

真凜單手摀住我的嘴巴，雖然我們講話的聲音並沒有大到會被旁人聽見。

朋友心儀的瀨戶同學，是我們同班同學，他人似乎不在教室，真凜冷靜下來後，繼續講解詳情。

「不瞞妳們說，今年新生有個叫長谷川的F罩杯女生，瀨戶同學跟其他男生熱烈討論那女生的胸部……」

「所以真凜是因為喜歡的人偏好巨乳才會這麼失落啊。」

「就是啊～我升上二年級後多少也有些成長的說……」

「之前聽妳說好像是B罩杯嘛。」

聽到這，瀨戶同學是巨乳派，應該八九不離十了。

真凜的胸部是平均水準，有著適量的弧形，但實在稱不上是大。

而她正為此事所苦惱。

「澪澪跟泉泉可好了，身材那麼好，看起來又成熟。」

「我沒泉那麼大就是了。」

「其實我也不算太大……」

「泉泉不是有D罩杯嗎？這樣就夠大了吧。」

「我是因為個子比較高啦，像小凜那樣嬌小才比較可愛啊？」

「咦——？是這樣嗎……？」

真凜對著自己的胸部揉來揉去，似乎難以接受。

「小、小凜，這種事還是別在班上做吧……有男生在……」

「糟糕，一不小心。」

真凜聽了泉的提醒趕緊把手放下。

霎時間，不斷朝這偷瞄的男生們同時將眼神移開。

「男生全都是大野狼，澪澪也要小心喔？」

「呵呵，我知道了。」

朋友故作成熟的發言令我不禁笑了出來。

開朗活潑的真凜、溫柔穩重的泉。

我和兩位知心好友有說有笑的，此時真凜看向教室時鐘站了起來。

「午休快結束了，差不多去做準備吧。」

「準備？」

「下一堂是體育課啊？得快點換衣服。」

「啊……說得也是……」

澪的表情頓時蒙上一層陰霾。

她並不討厭體育課，純粹是基於某個原因，讓她上這堂課時有些憂鬱。

「澪澪，偶爾也跟我們一起換衣服嘛。」

「呃……」

一瞬間，真凜的話語令她感到迷惘。

然而，澪的心中早對這份邀約有了答案。

「對不起，我今天也去別的地方換衣服。」

「欸——又來!?我們從沒在一起換過衣服啊！我才想今天一定要好好端詳澪澪的胸部……！」

「好啦好啦，小凜，小澪也正值青春期，總會有各種難言之隱。」

「唔……」

泉安撫著興奮的真凜。

雖然對不起兩人，但現在正是開溜的好機會。

「就這樣，晚點見。」

澪含糊帶過，從座位站起身來，拿了掛在桌旁的包包後，匆匆離開教室。

她走下樓梯，穿過二樓連通道後，來到特別教室大樓的被服準備室。

旁邊的被服實習室幾乎不會有人使用，而準備室也一樣，正適合躲過眾人目光更衣。

澪確認過周遭沒有其他人後，才進入教室。

她將門關好，把書包放在位於教室中央的桌上。

準備室有一面大到能映照全身的壁掛鏡子，澪站在那面鏡子前，熟練地脫下制服。

她把外套放在椅背、解開緞帶、脫下裙子。

接著解開上衣扣子，將衣物一併放在椅面上。

「其實……我也想跟大家一起換衣服啊……」

每當站在鏡子前，我都忍不住看著鏡中映出的模樣嘆氣。

我並沒有對自己的身體感到自卑。

我甚至認為我的外貌算是得天獨厚了。

我對自己的中長髮感到自豪，胸部也算有料。

平時都吃蔬食，使得身上沒有丁點贅肉。

真要說有什麼問題的話——

「果然，這東西是要怎麼見人啊……像這種……穿到鬆垮垮的內衣……」

澪的內衣，實在與花漾女高中生的形象相去甚遠。

那件徹底覆蓋胸部的運動內衣毫無可愛要素可言，格外大件的內褲看上去也非常土氣。

灰色布料已經穿到徹底鬆開，散發出一股哀愁氣息，這件看了就叫人掃興的玩意，實在與年輕貌美的少女不相襯。

「也沒辦法，這東西都陪我度過了三年的青春歲月……而且上下一套還只要五百圓銅板價……」

在這種特賣內衣上要求設計跟耐久度，的確是太過嚴苛。

這是國中時期，在購物中心特賣會上挖出的寶物，可惜歲月是殘酷的，這件內衣看上去壽命已盡。

「純100%棉製內衣穿起來是很舒服……可是我真沒那個勇氣給真凜她們看到這件內衣……」

這就是澪不和真凜她們一起換衣服的理由。

她不希望亮出這件鬆垮垮的內衣丟人現眼。

「我甚至還有兩套類似的內衣……就算想換新的也沒錢……大家說我看起來『高不可攀』、『像位大小姐』，實際上我只是個珍惜地穿著銅板價內衣的窮女生而已……」

澪有一個祕密瞞著周遭的人，就是她家很窮。

由於種種家庭因素，她現在住在寒風會從隙縫吹入的破公寓。

她是個過著拮据生活的窮苦學生，不僅空閒時間都去書店打工，甚至三餐有極高頻率只能配豆芽菜。

在家她都穿著國中時的老土運動服，光是擠出去美容院的錢和外出服治裝費就煞費苦心，根本沒那閒錢去買什麼新內衣。

「我也想穿可愛的內衣啊……」

就像前天，在內衣專賣店看到的那件。

如果我有那麼可愛的內衣，就能大大方方地去更衣室，不必偷偷跑到這種沒人會來的房間換衣服……

「——糟了，不快點換衣服會遲到。」

午休即將結束了，距離下堂課開始沒剩多少時間。

正當澪視線從鏡子移開，轉身打算換上運動服時。

「……咦？」

一瞬間，發生預料之外的狀況，使得澪全身僵住。

她轉過頭的正前方，被服準備室的門開著，一名身穿制服的男生站在眼前。

（為、為什麼會有男生來這……？）

這名男學生頂著一頭極具特徵的自然捲，戴著方框眼鏡。

這名似曾相識，卻難以回想起究竟是誰的男生一語不發、呆呆地盯著我這——

（慢著……我現在還穿著內衣啊!?）

澪終於從當機中回神，一時之間驚慌失措。

畢竟她今天穿的，是100%純棉製的銅板價內衣。

那內衣豈止見不得人，就某種層面來說，可能要比裸體被看光還更丟臉。

正因為她直接被人撞見這副模樣，才會頓時方寸大亂。

（不不，等一下？這時候別過頭去才合乎禮節啊？不然就是移開視線，甚至直接轉頭離去才對吧！）

這樣才符合紳士的作為不是嗎。

（為什麼這人能直盯著我看!?）

也不知他在想些什麼，竟然露出了極度嚴肅的神情。

而且出乎意料的狀況還不只如此。

這名表情嚴肅的男生走進房間，原以為他打算把門關上，沒想到他就這麼大剌剌地走了過來。

「咿!?」澪過度恐懼，不禁發出短促悲鳴向後退縮，然而她沒走幾步，背就碰到牆壁了。

已經無路可逃——這絕望的情境使得澪渾身顫抖。

（難道說這人……是想在這裡推倒我……？）

幾分前，朋友真凜才說過。

男人都是大野狼。

小心不要被吃了。

早知會發生這種事，就該跟真凜問清楚該怎麼趕走大野狼了——正當她如此心想，男學生已經走到她面前。

「啊……」

對方稍微比泉高一些，應該只有男性平均身高。

即便如此，澪還是認為眼前這人比自己高大許多。

他戴的眼鏡鏡片反光，使他看起來格外嚇人。

男生忽然伸出雙手，放在澪毫無防備的肩膀上，那與女生截然不同的堅硬大手觸感，令澪怕得緊閉雙眼。

「——啊啊，抱歉。我沒打算嚇到妳。」

「……咦？」

對方聲音聽起來意外溫柔，澪戰戰兢兢地抬起頭來。

「妳放心，我只是來拿忘記的東西，馬上就會出去。」

「這、這樣啊……」

他的視線，指向放在房間角落椅子上的小型平板電腦和觸控筆。

看來是忘了東西。

「不過在那之前，我有一件事必須先對妳說。」

「什、什麼事……？」

我只希望你趕快把手拿開離開這裡——

我將這段真心話吞了下去，等待對方開口，而他依然抓住我的肩膀，用著看似要進行戀愛告白的認真神情，說出了自己的「請求」。

「如果妳不嫌棄的話，能不能穿上我的內褲？」

「…………你說什麼？」

第一個看見我內衣的男生不是大野狼。

而是要求女生穿上自己內褲的大變態。

第一章　變態屬性男子與冷酷女同學

當天放學後，澪待在開完班會的教室，臉趴桌子上碎唸：

「沒想到換衣服會被男生偷看到……如果是穿著可愛內衣也就算了，偏偏是被他看到那件鬆垮垮的內褲……不對，又不是說被看到可愛內衣就沒事……」

我還是第一次在異性面前露出肌膚。

被男生看件內衣的衝擊超乎想像，實際上內心的創傷到現在仍未癒合。

「而且……」

我抬起頭，望向教室窗邊。

那名戴眼鏡的男生，正在座位收拾包包準備回去。

「沒想到，剛才的偷窺狂竟然是同班同學……」

難怪我覺得眼熟。

新學期才剛開始，我還沒記住所有同學的臉，但我記得那男生經常跟真凜喜歡的瀨戶同學在一起。

（名字好像叫，浦島……浦島惠太……）

名字和某個童話主角很像，我才會有印象。

這麼一看，他就是個隨處可見的普通男生……

（也不知道他有何居心，突然叫人穿上他的內褲，實在有點恐怖啊……）

男生的內褲是指四角褲？

總不會是三角褲吧？

那怕不明白他為何叫人穿上自己的內褲，他依然是個足以報警處理的變態。

「怎麼了，澪澪？幹麼一臉凝重？」

「小澪，妳有什麼煩惱嗎？」

「真凜……泉……」

正在澪苦惱之時，真凜和泉過來關心了。

於是她趁這機會尋求兩人意見。

「我問個怪問題喔，要是有男生要求妳們穿上他的內褲，妳們會怎麼做？」

「欸——這什麼問題？想要女生穿他內褲根本是變態嘛。」

真凜嗤嗤地笑著敘述感想，看來她以為是在開玩笑。

「要是真碰到的話，我應該會直接踢他下體然後逃走吧～」

「我也是，雖然不會踢他，但應該會趕緊逃跑。」

「我也這麼認為。」

碰到這種等級的變態，果然還是逃為上策。

「別跟變態扯上關係為妙。」

多一事不如少一事。

多遇見一個變態不如少遇見一個變態。

（他似乎不是故意偷看我換衣服，就當作是被狗咬，把內衣被看到這件事給忘……………咦？）

我想到這才驚覺。

我似乎遺漏了一件十分重要，甚至可能影響自身未來命運的事。

「啊啊啊!?」

「欸?澪澪，妳怎麼了？」

「妳臉色看起來不太好耶，沒事吧？」

「啊、不……我沒什麼事……」

這話當然是騙人的。

大事不妙了。

（這下糟了……我的內衣被浦島同學看到，他說不定會大肆宣揚這個祕密……）

要是穿銅板價內衣的事傳了出去……

我被腦中描繪出的慘烈結局嚇得面無血色。

我被他偷看後的變態發言嚇得腦袋混亂不清，一心只想著要將他趕出準備室，沒空顧慮其他事。

（我得想辦法堵住浦島同學的嘴……要是我穿著鬆垮垮內褲的事傳開來，我的校園生活就完蛋了……）

若事至如此，我肯定不敢再來上學。

我必須死守這個祕密。

「澪澪怎麼表情變來變去的……」

「嗯……她到底怎麼啦？」

現在澪已經聽不進真凜與泉的聲音了。

（現在是分秒必爭，得趕緊去找浦島同學談……）

時間過得越久，祕密被散布出去的風險也就越高。

這事實在無法聲張，希望可以私底下與他交涉，現在班會剛結束，教室裡還有接近半數同學留下。

（得想辦法與他單獨談談……）

先等人都走光再說吧。

我一面思索對策，一面望向窗邊座位，他人卻不見蹤影——

「咦？不見了……」

「——水野同學，能打擾一下嗎？」

「咦？」

背後傳來聲音，我回頭一看，剛才尋找的浦島惠太就站在身後。

沒想到他會自己跑來找我……

即使被這意料之外的狀況嚇到，我仍故作平靜回答：

「浦、浦島同學……你有什麼事嗎？」

「我想為中午的事向水野同學道歉，那麼做突然確實太過蠻橫了。」

「啊啊，不會……」

與其說是太過蠻橫，不如說是太過變態了。

說實話，現在那些事根本不重要——

（真凜她們也在，真不希望他提起這件事……）

我深怕他哪時會脫口說出內衣的事。

這人果然太危險了。

他不僅變態，還握有我的把柄，就各種層面來說，我都不希望他靠近真凜她們。

雖然想把他帶開來單獨談事，可是我那兩個好奇心旺盛的朋友，絕不可能眼睜睜地放過我，此時真凜也興致盎然地加入對話。

「什麼事啊？浦島同學，你跟澪澪怎麼了嗎？」

「啊啊，嗯，其實中午在被服準備室——」

「不、不行……!?」

澪轉眼間做出判斷。

她慌張地站起身，用兩手摀住浦島的嘴。

即便是為解燃眉之急，但不光是動手塞住對方嘴巴的澪本人，就連見此情況的真凜和泉也整個嚇傻。

不過現在最重要的，就是別讓這位同學繼續多嘴。

「浦島同學，我想單獨跟你談談——」

澪面帶笑容封住他的嘴巴，以絕不允許對方拒絕的語調說：

「沒問題，對吧？」

澪為避人耳目，帶著惠太來到事件發生的被服準備室。

兩人坐在教室桌子的兩側，坐在對方正對面的澪率先開口說。

「不好意思讓你跑這一趟。」

「沒關係，我也有話想跟水野同學說。而且是我該向妳道歉，竟然在妳換衣服時跑進教室。」

「不，我也有錯，是我沒有鎖門。」

他應該沒想到有女生會在這種地方換衣服吧。

說實話我只希望他早點忘記，不必道什麼歉。

「話說回來，水野同學為什麼要在這種地方換衣服？」

「這個嘛，因為種種原因……」

「什麼原因？更衣室太多人？」

「我不想提這件事，所以拒絕回答。」

「這、這樣啊……」

惠太同學露出沮喪神情，簡直像隻遭受責罵的小狗。

對惠太如此冷淡，使得澪產生了些許罪惡感，但她依舊擺出絕不輕易示弱、毅然決然的態度說了下去：

「我的要求只有一件事，就是不要把你剛才在這看到的——也就是關於我內衣的事說出去。」

「嗯？什麼意思？」

「我不想被任何人知道，自己竟然穿著鬆垮垮的100%純棉製內褲。」

「啊啊，那確實看起來穿有點久了……」

「你不必回想起來……還有，你沒跟任何人說過吧？」

「當然沒有。」

「那就好。我要你發誓，從今以後絕不提起這件事。」

「我才不會說呢，我沒興趣說人閒話。」

「這、這樣啊……」

沒想到他三兩下就答應了，還真讓人有點沒勁。

（浦島同學，說不定是個好人……？）

他中午才說出那麼變態的話，我還擔心他會不會提出什麼要求，來當作是保守祕密的代價，看來是我杞人憂天。

「那我的話說完了，浦島同學也找我有事？」

「啊啊，嗯。是啊……」

惠太點頭，接著他抬頭挺胸地說：

「我就直說了，我希望妳把衣服脫掉，再讓我看一次妳的肌膚。」

「…………」

我不禁盯著他的臉。

眼鏡底下的眼神十分認真，他似乎是真心說出剛才的問題發言，在這種場合，說的是肺腑之言反而更有問題。

「為防萬一我先問一下……為什麼？」

「因為我想知道水野同學的一切。」

「我要報警了。」

我迅速拿出手機，此時他慌張地制止我。

「慢著、暫停一下！我發誓不是要做什麼奇怪的事！」

「我認為光是要求女生脫衣服就已經夠奇怪了……那你這麼做，到底有何目的？」

「這個嘛，我的最終目標，是讓水野同學穿上我的內褲。」

「我看還是報警好了。」

「我想一定非常適合妳。」

「就算適合我也不知該作何反應……」

被說適合穿男用內褲我也高興不起來。

「我當時看見水野同學穿內衣的模樣，就心想這女生，身體怎麼會如此美妙。」

「美、美妙……？」

「沒錯！水野同學真的是有著非常出色的肉體！」

惠太突然向前逼近高喊。

「胸圍即使身穿制服仍顯而易見，小巧的屁股也非常可愛，身材纖瘦卻前凸後翹，簡直就是理想的體型！我說什麼都希望能讓身材如此美好的水野同學，穿上我的內褲！」

「嗚哇……」

我還是第一次碰到有人如此直接地對我性騷擾。

也是第一次有人如此鉅細靡遺地描述我的身體。

甚至說出希望我穿上他的內褲，就算是心愛的戀人聽了，也會直接回絕對方吧。

（我知道他是變態，只是沒想到他竟是如此超乎想像的高水準變態……）

所幸我想講的事已經說完了。

澪認為最好別再待下去，於是站起身來打算快點離開。

「不好意思，我沒打算要答應浦島同學的要求，請你放棄吧。」

「我知道了，今天我就暫時先放棄吧。」

「別說暫時，我比較希望你永遠放棄……」

「放棄的話比賽就結束了嘛，我會慢慢地說服水野同學，直到妳回心轉意。」

「這樣啊，雖然我覺得沒用，總之你加油吧。」

我沒必要配合他的變態性癖。

更別提讓他看見裸體。澪心想反正他馬上就會放棄，於是隨便回話就離開房間。

◇

直接從結論講起，浦島惠太並沒有放棄。

從換衣服被看到那天起，他就以說服澪為由，整天對她糾纏不休。

「水野同學早安！今天妳的臀部曲線也是非常美麗呢！」

像是早上在校內見到面，他一定會打招呼。

「水野同學，妳喜歡什麼顏色的內衣？」

甚至用閒話家常的語氣，提些幾乎等同於性騷擾的問題。

「我說水野同學，妳差不多願意穿我的內褲了吧？」

最後每次見面都爆出會被警察抓的問題發言。

麻煩的是，他握有足以讓澪破滅的「祕密」。

儘管他答應過不會將內褲的事說出去，但天曉得他何時會改變心意，正因為如此，澪也無法徹底無視他。

更麻煩的是，由於和惠太交集變多，又產生了新的問題——

「怎麼最近澪澪跟浦島同學關係突然變好了？」

「班上都在傳呢，說妳們是不是開始交往了。」

「我說過很多次，我跟浦島同學不是那種關係。」

現在就連真凜和泉兩人，都開始懷疑兩人之間的關係。

澪她們三人正在學校走廊上，靠在陽光照入的窗邊，望著中庭開心聊天。

「可是澪澪並不討厭被浦島同學黏著吧？」

「他每次見到小澪都會跑過來，那怎麼看都是超級喜歡妳。」

「事實並沒有那麼美好就是了……」

光聽剛才的敘述，可能會誤以為對方是個犬系男子，可惜其實是個變態系男子。

他之所以跑過來是為了說服我配合他的變態癖好，但就旁人角度來看，只會覺得惠太對澪有好感。

（其實，我也認為浦島同學不是個壞人……）

目前為止他都有保守祕密，扣除變態這點，他就是個好青年。

不過，我絕不能夠掉以輕心。

那怕本性不壞，他的真實身分仍是一個強迫女生穿上自己內褲的「穿褲魔」。

「對了，澪澪，下次要不要大家一起去看內衣？」

「咦?內衣嗎……?」

「我在車站附近找到一間可愛的店，要不要三個人互相幫對方挑內衣?」

「啊、嗯……這個……」

車站附近的店，八成就是我之前經過的內衣專賣店吧。

互相幫忙挑內衣聽起來是很好玩，但我並不希望祕密被人發現。

純粹進去逛也就算了，要互相挑內衣就表示得穿給彼此看，我實在不想冒這個可能害內衣被看到的風險。

「……抱歉，我都是自己買內衣。」

「這樣啊……真可惜……」

邀約被拒的真凜神情看似十分落寞。

霎時間，罪惡感刺痛了澪的心。

為了顧及無聊的面子，害好友露出這般失落的表情，她真心討厭這樣的自己。

「不然下次假日，我們三人一起去看衣服吧。」

「哦哦！泉泉，好主意！」

「看衣服我也沒問題……」

真凜贊同泉提出的替代方案，澪也點頭答應。

兩人如此貼心，真是讓我感到高興。

同時，我也感到內疚。

那是因為，我對她們有所隱瞞。

我明知道，真凜和泉知道真相也不會嘲笑我。

但我仍害怕展露出自己真實的一面。

會這樣思考，簡直就是不相信她們，我真心討厭這樣的自己。

這股五味雜陳的黯淡情感，好比是穿上不合身的內衣一般，緊緊勒住澪的胸口。

當天晚上，澪稍晚才用完晚餐，然後洗澡。

「唉……要是浦島同學能早早放棄就好了……」

澪進入浴缸，將水浸到肩膀，難得的療癒時間，卻只想抱怨最近常被拿來當話題的同班男生。

「都怪浦島同學，害得真凜她們也會錯意了……」

他才不是在追求我。

他只是死纏著我

他成天喊著「請穿上我的內褲」這種無可救藥的台詞。

「為什麼浦島同學，會想要我穿上他的內褲啊……」

我想不透他這麼做的動機。

「他好像覺得我很適合穿他的內褲，肯定是有什麼特殊癖好，譬如讓女生穿上男用內褲會感到興奮之類的。」

洗完澡後，澪穿上國中時期的運動服走出更衣室。

她在弟弟房前說聲浴室空出來了，便回到自己房間。

澪的房間是六疊大的和室，裡頭沒什麼東西，也只有最低限度的收納櫃。

由於沒有書桌，她念書時都是拿卓袱台來用。

今天去書店打工累了，明早還得準備便當和早餐。

於是澪從壁櫥拿出床鋪，打算早早就寢。

忽然，隨手放在下層收納空間的紙袋倒下，袋中物品順勢掉了出來。

「啊……」

掉在榻榻米上的，是一套桃色的美麗內衣。

那件標籤還貼在上頭的內衣看起來十分可愛，和她那三套銅板價內衣有如天差地別——

「…………」

澪頓時露出愁容，默默將內衣撿起。

「要是這件能穿就好了……」

她小聲碎唸，將內衣放入紙袋回歸原位。

她照原定計畫從上層收納空間取出床鋪後，便將壁櫥門關上，彷彿是不願看見不順心的事實。

◇

星期一早上，澪碰巧在鞋櫃前撞見惠太。

「早安，水野同學。」

「嗚哇，又出現了……」

「啊哈哈，妳今天依舊是那麼冷淡呢。」

「那為什麼你還這麼開心？」

惠太似乎習慣了澪的冷淡回應，澪先換好室內鞋打算離開，而惠太換好鞋子後則一臉平淡地走在她身旁。

「我有個小疑問，水野同學都不穿別的內衣嗎？」

「你沒事扯這個做什麼？」

「因為妳今天也是穿之前那件100%純棉製的胸罩啊。」

「為什麼你會知道啊……」

我不由自主地用手遮住胸口。

拜託你不要那麼自然地猜女生內衣好嗎。

「我穿什麼胸罩跟浦島同學沒關係。」

「怎麼會沒關係，妳難得有如此美妙的胸部，穿運動內衣是要怎麼看到水野同學的乳溝。」

「不用你來操心，我沒有打算讓浦島同學看到乳溝。」

「難道水野同學沒多少件內衣？」

「…………」

澪被惠太一語道破，不禁停下腳步。

接著視線轉向同樣停下腳步的他，長嘆了一口氣說：

「……算了，反正瞞著浦島同學也沒意義。」

內衣都被看到了，也沒必要打腫臉充胖子。

「正如你所說，我家境不太好，沒錢買新內衣。我在家幾乎只穿國中時的運動服，雖然有在打工，不過錢都花在外出服跟日用品上了，畢竟女孩子有很多地方得花錢。」

「原來是這樣……」

「還有關於連帶保證人跟媽媽離家出走的事，你也想聽嗎？」

「不，這就不必了。」

「這麼做才聰明。」

畢竟這類別人的家務事，聽了也一點都不有趣。

「沒關係啦，反正內衣有個三套就勉強能撐過去，所幸我這兩年胸部都維持在C罩杯，完全沒有成長。」

「咦？C罩杯？」

「啊……」

不小心說溜嘴了。

澪以輕蔑的眼神看著惠太，並將自己的失誤推給知曉少女祕密的無禮之徒。

「竟然讓女孩子說出自己胸部的尺寸，真的是很差勁。」

「我覺得剛才那純粹是水野同學自己說溜嘴就是了……不過，妳說C罩杯……」

惠太一臉難以接受地嘟囔著。

也不知是哪一點令他如此在意，我應該沒說什麼奇怪的話才對。

「那麼我先走了。」

「啊，等一下，水野同學。今天放學後能占用妳一點時間嗎？我有東西想給水野同學看。」

「我沒興趣，請恕我拒絕。」

「拒絕得真是直接了當呢。」

「這還不都怪浦島同學，總覺得你會拿出不能在黃金時段播出的東西給我看。」

「放心啦，不是什麼奇怪的東西。」

「真的？你不會說什麼請看我的內褲，接著就把褲子給脫掉吧？」

「我沒那種興趣，這件事做完我就不再纏著水野同學了。」

「嗯……」

我陷入思考。

老實說我不想答應，但他若是願意停止跟蹤行為，我當然非常歡迎。

（況且現在拒絕了，他又會對我死纏爛打……）

我能夠輕易想像那樣的未來，早點把事做完回家還比較實際。

「好吧，那麼放學後，我們在被服準備室集合。」

放學後，澪做完值日生掃地工作，拿起包包走出教室。

放學尖峰時段已過，她走在一片寧靜的校舍裡，朝特別教室大樓前進，最後她站在兩人相約集合的被服教室前。

「浦島同學，讓你久等了。」就在她說著場面話，打開教室門時——

「哈啊哈啊……多麼出色的內褲……」

「……咦？」

裡頭舉辦的狂宴，使澪啞口無言。

她看到的是自己從未見過，甚至懷疑這是不是現實的恐怖畫面——

惠太站在教室中央，雙手舉起純白女用內褲，並以恍惚神情細細品味著。

（咦、這是怎樣？浦島同學到底在幹麼？為什麼他會如此自然地拿著女生的內褲？難、難道是偷來的……？）

我腦中浮現起「內衣小偷」四個字。

就在目睹此般變態行為，對他的警戒心提升到最高點時，眼前的變態終於察覺到我。

「啊，水野同學，妳來得正是時候。」

「噫!?」

「別站在那邊，快點進來聽我——」

「我拒絕！」

那一剎那，澪決定採取的行動是逃跑。

她在感受到自身危機的同時便立刻調頭，隨後一溜煙地逃離現場。

「水野同學!?妳為什麼要逃!?」

「不要啊啊!?你別跟過來！」

她一面奔跑、一面回過頭看，發現變態從背後追了上來。

要是被他抓住，肯定會硬是被脫下內褲，說不定還會被拿來細細玩賞——此般恐怖的想像，促使澪再次提速逃亡。

她甩開變態追蹤來到一樓。

一衝到鞋櫃，就用最快的速度換好鞋子，跑出學校。

身後仍能聽見惠太聲音，但澪連頭也不回地持續逃跑。

畢竟這是一被抓到就可能被扒光衣服的恐怖捉迷藏，也難怪她會如此拚命。

之後不知跑了多久。

惠太雖然保持一定距離追了上來，但他似乎不擅長運動，沒多久就不見人影了。

「呼……看來是成功甩開了……」

我在步道上停下腳步，確認身後沒人才終於放心。

「話說回來，剛才那件內褲到底是哪來的……難道他真的跑去當內衣小偷……」

我想相信他不是會做這種事的人，卻實在想不出其他理由去解釋那個狀況。

光是持有女用內褲就幾乎確定是有罪了，或許我真的該找警察叔叔談一談。

「咦……？這裡是……」

澪看了一圈周遭，發現她身在車站附近的鬧區。

她過度專注在逃跑上，無意識地跑往打工地點，而不是自家所在的住宅區。

而且，還碰巧停在那間內衣專賣店旁。

商店櫥窗和一周前相同，展示著ＲＹＵＧＵ的新產品。

「ＲＹＵＧＵ的內衣果然很可愛啊。」

「多謝誇獎。」

「咦？」

她轉向聲音出處，發現浦島惠太汗流浹背站在那。

「浦、浦島同學!?」

「嗨，水野同學，妳跑得好快啊，我差點就跟丟了。」

「我還以為甩開你了……」

我太小看他了，沒想到這樣他還不死心。

與其想辦法甩開他，或許該找個地方躲起來才對。

「是說，為什麼浦島同學要對我道謝？」

「因為這件內衣，是我做的。」

「……咦？」

霎時間，我還無法理解他的語意。

這個同學以閒話家常的隨興語調，說出如此驚人的事實，澪聽了便戰戰兢兢地再次向他確認。

「欸，什麼？浦島同學做的？這件內衣？」

「嗯，對啊。」

「意思是……這件是浦島同學一針一線縫出來的？」

「不，實際製作都是交給專門的工廠……呃、妳等一下。」

惠太一邊說，一邊從包包拿出平板電腦。

那是換衣服被偷窺的那天，他忘在被服準備室的東西。

他熟練地操作平板，並將畫面給我看。

「這是……」

澪看了驚訝地顫聲說道。

畫面顯示的是看似手繪的插圖，更叫人吃驚的是，那正是商店櫥窗中展示內衣的詳細設計圖。

「其實我是RYUGU的內衣設計師。」

「內、內衣設計師……？」

「這是我的名片。」

「嗚哇，是真的……」

他遞過來的名片上寫著「RYUGU・JEWEL」的品牌名、「內衣設計師」的職稱，以及「浦島惠太」的鮮明印刷字樣。

看到如此決定性的證據，除了老實承認之外別無他法。

「那麼，這件內衣真的是浦島同學……？」

「嗯，所以水野同學說這件可愛，真的讓我很開心。」

「…………」

我愣愣地看著眼前這位露出欣喜笑容的同學。

發生太多難以預料的狀況，讓腦袋轉不過來。

（沒想到是和我同年級的男生，做出我嚮往已久的內衣……）

而且那人還是我的同班同學，這世上竟然有這種奇蹟。

「等等？那麼剛才你在學校看的內褲是……」

「啊啊，那個是我設計的新產品試作樣品。」

「我還以為你成了內褲小偷。」

「啊哈哈，那件內褲做得太好了，我忍不住看到入迷而已。」

「我覺得那樣也挺有問題就是了……」

原來他在學校拿的內褲是試作樣品。

這下釐清他並不是個內衣小偷了，只不過還存在著幾個疑點。

「難道說，你想給我看的就是這件內褲？」

「包含這點我想仔細說明清楚……在這邊也不方便談，要不要到我的工作室？」

「咦、浦島同學的工作室!?」

「哦，妳有興趣嗎？我在家工作，就在附近而已，還有其他新內衣的設計圖喔。」

「全新設計……不、不然，我就稍微去看看好了……」

我抗拒不了誘惑答應了他。

輕易跟對方回家確實不太好，可惜終究不敵好奇心。

惠太的家位於電梯華廈 的其中一戶。

他在電梯按下七樓按鈕。當我們進到浦島家的玄關，就看到一條寬敞走道，走道上並列了好幾扇房門，他打開其中一扇門請我入內。

「哇啊……」

或許是由於兼當工作室，房間大概有十疊大，裡頭擺著床、書桌、書櫃、影印機，甚至還有稍大的電視和沙發。

與其說是男生房間，更像旅館套房。

其中只有一點顯得突兀，某個不會出現在尋常家庭房間的物體，擺放在書桌旁——

「還有模特兒衣架……」

「這種類型沒有手腳，正確來說應該要叫半身模特兒。」

「別說是手腳了，這個甚至連頭都沒有。」

我經常在店裡看到這個，被服準備室也有，但我還是第一次在住家中看見。

它有個金屬底座，底座與肌膚色的胴體部分以金屬管連結，這個做工細膩、莫名擬真的半身模特兒上，穿戴著黃色的胸罩和內褲。

「這件內衣也是新產品？」

「這還在試作階段，要成為商品發售還需要一段時間。」

「這樣啊。」

多虧這個半身模特兒，踏入異性房間的緊張感早已消失了。

這裡的氛圍與其說是房間，還比較像「工作室」，想要緊張反倒有點難。

「這裡，就是RYUGU設計師的工作房……」

一想到全新的內衣都是從這裡誕生的，澪就感到興奮不已。

其中最引起她興趣的，是散落在桌面上的無數設計圖。

就連澪這個外行人，也明白這個數量非同小可。

上面畫滿了各式各樣的內衣以及註解，光用眼睛掃過一遍，就能明白惠太到底進行了多少次試錯。

「這些，全都是浦島同學畫的？」

「是啊，最近一直在忙著設計——昨天試作品才終於送到。」

他從包包取出一個漂亮的紙袋。

這紙袋看起來相當高級，上頭還印有「RYUGU・JEWEL」的商標，看來袋裡裝的就是他所設計的試作品。

「我想讓水野同學第一個看到。」

「為什麼要給我看？」

「因為這是以水野同學為形象做出的新作。在準備室不小心看到妳換衣服時，我得到了強烈的靈感。」

「為什麼會為那種事得到靈感啊……」

「總之水野同學，若妳不嫌棄的話要不要穿穿看。」

「咦？」

「這畢竟是試作品，希望妳穿了能告訴我舒適度等等的感想。當然，等妳有空時再穿就好。」

「水野同學……？」

「有空是有空……可是……」

她低著頭，遲遲沒有首肯。

這是能試穿RYUGU內衣的難得機會，澪卻有著難以答應的隱情。

「有件事沒跟浦島同學說……我上高中時，曾用打工的錢買過一次可愛的內衣。」

當時買的，是在網購上找到的內衣。

只要用網購買東西，就不用進到店裡，鬆垮垮的內衣也不會給人看見。

「我滿心期待等著那件內衣……結果，一穿之下才發現胸罩尺寸不合……我明明是仔細調查過才選了那一件。」

澪自嘲地笑說。

即使價格比不上RYUGU，但那對澪而言仍是一大筆開銷，好不容易買來的內衣竟然不合身，她所受到的衝擊肯定是難以言喻。

（真凜是B罩杯，泉是D罩杯。大小在兩人之間的我應該是C罩杯沒錯啊……）

澪一直以來都是穿運動內衣，這是她第一次買含罩杯的內衣。

身為內衣初學者的澪根本不可能明白，自己究竟是弄錯哪一點。

（要是當時能找人談，或許就會有不同的結果……）

就在同一時期，澪正好聽見班上女生們的對話。

其中一名女生嘲笑沒自己買過內衣的女生說：「又不是小孩子了，哪有人會連自己胸罩的尺寸都弄不清楚啊。」

那句話，並不是對著自己講。

她可能也沒有惡意。

被如此嘲弄的女生笑著回：「說得也對——」

不過這句話，卻深深刺入澪的心底。

她開始覺得都上高中了，仍對內衣一無所知的自己非常丟臉。

正常來說，這種事都會先找母親商量，然而她母親在很久以前就離家遠去，加上無法找朋友商量，她只好把尺寸不合的胸罩放回袋裡——

「結果，我把那件內衣收進壁櫥裡，一次也沒用過……這件事成了我的心理創傷，變得不敢買新內衣，一想到可能會像當時內衣不合身一樣，我就……」

這就是澪不買新內衣的真正理由。

當時發生的事深深烙在腦中，令她害怕穿上新的內衣。

「原來如此，發生過這種事啊……」

「是……」

「這次沒問題啦，這件跟水野的尺寸剛剛好♪」

「……咦？」

「好了，我們走吧，更衣室就在對面。」

「欸？啊？等等、浦島同學……!?」

惠太笑容滿面地從背後推我出房間，停在走道上某扇拉門前。

「妳放心，我不會要求看妳穿內衣的模樣，晚點告訴我穿起來有什麼感想就好——就這樣，妳慢來～」

惠太自說自話把紙袋遞過來後，就把我推進更衣室。

「沒想到浦島同學這麼硬來……」

又是熱切地描述女孩子的身材，又是要求她穿上自己做的內褲。

該怎麼說，總之就是個非常亂來的人。

「可是……」

澪盯著他給的紙袋。

這袋子裡頭，正放著ＲＹＵＧＵ尚未發表的新作，現在正是它首次亮相的時刻。

這麼一想，心裡便不由得興奮起來。

縱使心理創傷仍籠罩著內心，還是想穿上這件內衣——

這對憧憬著RYGU內衣的澪而言，實在是難以抗拒的誘惑。

「反正機會難得，就試試看吧……」

澪不敵誘惑，把紙袋放下開始試穿。

或許是身在不熟悉的環境感到緊張，她脫下制服的動作有些和緩。

她一如往常，依西裝外套、裙子、上衣的順序脫去衣物——

「啊，不小心照平時習慣把襪子也脫了……算了，反正也沒人看到……」

脫掉襪子後，終於連胸罩和內褲也脫掉。

在別人家露出裸體，這感覺真的十分奇妙。

她一面感受這般莫名的悖德感，一面從紙袋中取出內衣。

澪將全新內褲穿上，費了不少功夫在不熟悉的胸罩背扣，總算是穿好之後——

所有工程告一段落，澪看著洗臉台鏡中映出的自己。

「啊……」

那是一件帶有剔透感的水藍色內衣。

溫柔地包覆著胸部的胸罩，不僅質感十分柔和，還以純白色蕾絲點綴在罩杯上緣，展現出毫不做作的甜美可愛。

採相同設計的內褲也是同樣惹人憐愛。

胸罩胸口部分和內褲上方，各自裝飾著同樣是水藍色的緞帶。

這設計既單純又細膩。

以水藍色為基底的內衣呈現出柔美與清爽。

澪深深被這件迷人的內衣所吸引，甚至忘記呼吸。

「好棒……」

這真的是一件叫人目不轉睛的出色內衣。

就連澪最掛念的罩杯尺寸也完全吻合，彷彿打從一開始就是為她量身訂做，徹底貼合她的身形，就連舒適度也是再完美不過。

「這是什麼，好棒……真的是太棒了……」

如果這世上存在著灰姑娘裡的魔法，那肯定是這種感覺。

就好比自己化身成故事裡的女主角。

澪看著鏡中穿著可愛內衣的自己，心情亢奮到難以置信，她忍不住衝出更衣室，跑進惠太房間。

「浦島同學!!」

「咦……水、水野同學?」

站在半身模特兒前的惠太回過頭來，露出了驚訝眼神。

而澪走近這位同學，雙手握住他的手說：

「太棒了，浦島同學！究竟要怎麼做才能創造出如此出色的內衣!?胸罩和內褲都

十分完美，既可愛又美麗，真的是太漂亮了——啊、對了，要拍照！得趕快拍下來！」

「等、等一下，水野同學！妳先冷靜下來！」

「這是叫我怎麼冷靜下來啊！」

「可是、我覺得妳還是冷靜下來比較好……」

「怎麼了？浦島同學？」

「那個，有點難以啟齒……現在水野同學，身上只穿著內衣……」

「……咦？」

澪聽他這麼一講便低頭看向自己身體。

別說是衣服了，她甚至連襪子都沒穿，那模樣就是一名半裸的女高中生。

「不要啊啊啊!?浦島同學這個變態！」

「這次我真的什麼都沒做喔。」

澪驚慌地抱住自己的身體，根本沒空回應他說的話。

然而她的暴露程度光靠抱住身體根本無法遮掩。

其實她只要離開房間就好了，但從未經驗過的羞恥令澪臉頰如燃燒般火燙，甚至害她連如此簡單的道理都無法思考。

不知該看哪的惠太脫掉西裝外套，披在澪裸露的肩上。

「謝、謝謝你……」

「我才該謝謝妳，讓我看到了如此美妙的東西。」

「你這麼向我道謝我也不知該如何回應……」

澪緊緊抓住從惠太那借來的西裝外套，看來是為對方的視線感到害羞。

「話說回來，我沒想到水野同學會這麼高興。」

「因為這件內衣真的是非常出色啊……」

這真的是無可挑剔的完美內衣。

「可是，浦島同學怎麼知道我的尺寸？這件內衣，完美到不像是沒量尺寸做出來的……」

「啊啊，這工作做久了，只要看到穿內衣的模樣就大概能推測出三圍。」

「多麼猥褻的特殊能力……」

「還有水野同學的胸圍是84公分，罩杯尺寸是D罩杯。」

「D罩杯？可是胸部比我大的朋友也是D罩杯啊……」

「那大概是因為下圍比較大吧。」

「下圍是指胸部下圍嗎？」

胸部下圍和實際計算胸圍的上圍不同，是從乳房下方圍繞身體一圈的數值，也是計算罩杯尺寸的重要依據。

「上圍跟下圍這兩者要細說還挺複雜的，我簡單講解一下——假設有兩座高度相同的城堡好了。」

「城堡……」

「兩座城堡高度相同，但只有一座的基底，也就是石垣較高，那會變怎樣？」

「這個嘛……城堡整體的高度會隨著石垣提升？」

「沒錯。換言之，城堡就是女生的胸部，石垣就是下圍。即使罩杯數相同，作為基底的身體部分若是較大，那麼胸部也會跟著變大。」

「啊啊，原來如此！」

真是淺顯易懂的說明。

泉個子高、身體也大隻，基底部分自然比澪來得到大。

「所以胸圍大小和罩杯尺寸不一定成比例啊。」

「就是這麼回事，罩杯尺寸是用上圍減掉下圍計算出來的。」

三圍裡的胸圍就是指上圍。

上圍減下圍的數字越大，胸罩罩杯的尺寸也就越大。

附帶說明一下，上圍減下圍的數字若在17・5公分上下，那就是D罩杯。

15公分就是C罩杯。

20公分則是E罩杯。

「胸罩尺寸是以每五公分下圍做區隔，水野同學的胸罩下圍是65，妳朋友應該是70。同樣是D罩杯，光是上圍差了5公分，實際尺寸就會差非常多。而纖瘦的女生即使罩杯數相同，胸部看起來也會比較小，所以經常有人弄錯尺寸。」

「這樣啊……原來我是D罩杯才對……」

長久以來的煩惱如此輕易被解決了。

我買的胸罩尺寸是「C65」——也就是下圍65的C罩杯。

可是實際尺寸應該是「D65」，難怪穿起來不合身。

「謝謝，這樣我以後買新胸罩就不會再犯同樣的失誤了。」

「不客氣。」

惠太開心地笑著接受我的感謝。

「太好了，水野同學看起來恢復精神了。之前妳在學校換衣服時，站在鏡子前愁眉苦臉的，讓我一直很在意。」

「原來你都看到了……」

這麼說來，當我發現他時，門早就打開了。

說不定他還聽到了我當時的自言自語。

「身為內衣設計師，實在無法放著為內衣所擾的女生不管，之後又有什麼煩惱，都可以來找我談。」

「我能……找你談嗎？」

「當然可以。」

「……那、那麼，有機會再拜託你吧。」

他露出了十分真誠的笑容，我之所以一時語塞，是因為差點哭了出來。

澪活到現在，從沒向他人展現過自己的弱點。

父親工作繁忙幾乎不在家，小自己兩歲的弟弟還只是個孩子，自母親離家遠去，她就覺得自己不能夠示弱。

新買的內衣不合身時，她沒找任何人商量也是基於這個理由。

為了顧及無聊的面子。

明明沒必要卻故作堅強。

日復一日，她對自己心中逐漸消磨的某種事物視而不見。

就像穿到鬆鬆垮垮的內褲一樣，她憑一己之力撐到今天，也早已達到極限。

正因為如此，她真心為惠太說有事都能依賴他感到高興。

「對了，水野同學，如果妳不嫌棄，這件內衣妳就收下吧。」

「咦？可是這不是很重要的東西嗎……」

「沒關係，這只是試作品，而且我還有預備的。當作是妳穿內衣的模樣被我看到兩次的謝禮。」

「我不是喜歡才讓你看到就是了。」

我背對著他回話，惠太笑了笑，正面看向我說。

「我啊，其實對水野同學一見鍾情。」

「咦？一、一見鍾情……？」

「水野同學完全正中我所好，妳的身材簡直是我的理想。」

「真是有夠差勁……」

一瞬間，我還以為他要向我告白。

「而且讓妳實際穿上我的內衣後，我再次肯定了。只要有水野同學在，我就能製作出更棒的內衣……就算要做出前人未見的極致內衣也不是夢。」

「這是什麼意思……」

「今天我就是想找妳談這件事，若妳願意的話，能不能來協助我製作內衣？為了製作出理想的內衣，我希望水野同學來當我的模特兒。」

「模特兒……是嗎？」

「說是模特兒，但不是會刊登在雜誌上的那種，是像今天這樣試穿試用品，告訴我舒適度和感想之類的，真要講的話，比較像試用員。」

「啊啊，原來『希望妳穿我的內褲』是這個意思啊。」

謎題全都解開了。

「我的內褲」不是指浦島同學自己的四角褲，而是他設計的內衣。

「如何，妳願意嗎？」

「我是有興趣……不過，這表示得讓浦島同學看見穿內衣的模樣對吧？」

「確實是如此。」

「這實在有點……」

既然是當模特兒，自然會被仔細觀察身體。

即使再怎麼有興趣，我仍會抗拒被異性看見肌膚。

「如果妳願意接受模特兒工作的話，每次水野同學幫忙製作的新作，我都會贈送給妳當作是打工薪水。」

「請務必讓我幫忙。」

就這麼，澪答應接受模特兒工作。

代價是能得到ＲＹＵＧＵ・ＪＥＷＥＬ新作內衣這個非比尋常的報酬。

第二章　如何製作可愛內衣

浦島惠太，十六歲，私立翠彩高中的二年級學生。

他和就讀大學和國中的堂姊妹住在3LDK的電梯華廈。是隸屬於內衣品牌「RYUGU・JEWEL」的年輕內衣設計師，每天都為了製作女性內衣不斷奮鬥。

這位新人設計師的早晨，都是從被堂妹叫醒開始——

「哥哥，差不多該起床了。」

「嗯嗯……已經早上啦……」

惠太感到肩膀被搖，一睜開眼，就看到床旁站了一位身穿水手服的少女。

「早安，哥哥。」

「早安，姬咲。」

這位將秀麗頭髮綁成側馬尾的女生是浦島姬咲。

目前國中三年級，就她的歲數來說身材偏高、發育也好，是位穿衣顯瘦，看不出有著E罩杯巨乳的可造之材。

「謝謝妳每天叫我起床。」

「不會啦，我是喜歡才這麼做。」

姬咲謙虛地說這沒什麼，但我是真心感謝她。

被手機鬧鈴吵醒或被可愛的妹妹叫醒，哪種情境會比較幸福當然是不言自明。

「早餐已經準備好了，吃飯前記得先洗臉喔。」

「好——」

我目送姬咲離開後便下了床。

我戴上眼鏡，正要走出房門時驟然停下腳步。

「嗯，我可真是做了個好東西。」

我看向擺在桌旁的半身模特兒。

它胴體上穿的，是前天以澪為形象設計的新作。

雖然沒跟她提及，其實這個半身模特兒的三圍碰巧與她相同。

「今天要跟水野同學開會，得打起精神才行。」

前些日子他的同學——水野澪終於答應協助製作內衣。

而他們預定今天進行第一次開會討論。

預定要給澪穿的樣品已經完成，就剩確認雙方行程決定試穿會日期。

能讓擁有理想體型的女生穿上引以為傲的內衣。

這自然讓惠太提起幹勁。

「就製作內衣而言，模特兒的職責可說是非常重要。」

午休時間，兩人聚集在被服準備室，惠太坐在椅子上，慷慨激昂地講述模特兒的重要性，自澪換衣服被他偷看後，這個教室就變成他們倆的集會地點。

「儘管能請人穿上樣品確認舒適度，或是做使用問卷調查，不過更具參考價值的，還是正面聽取使用者實際感言。」

「原來如此，受教了。」

擁有理想D罩杯的女生──水野同學，坐在他對面附和道。

惠太見她露出微笑，便進一步講解：

「我個人認為，內衣要穿在女孩子身上才算是真正完成。內衣本身就只是布料的結合體，要實際使用才能化為它應有的面貌，並明白設計優劣。」

「嗯嗯。」

「半身模特兒無法表現身體柔軟，在做成商品前應該要讓真正的女孩子穿上，檢查內衣是否有依照形象製作。」

「原來如此。」

「如果我有女朋友就能拜託對方了，可惜現階段只能拜託家人跟朋友，會委託水野同學這種沒什麼交情的女生，是相當罕見的事。」

「這樣啊。」

「就是這麼回事，所以我想拜託水野同學試穿樣品——」

「好的，我拒絕♪」

「什麼!?」

她露出燦爛笑容拒絕我。

還以為終於能仔細檢查內衣了，想不到一開場就發生意外。

「那個……水野同學？妳不是說好要協助我製作內衣嗎？」

「不好意思，這件事還是當沒發生過吧。」

「為、為什麼……？」

「因為……」

她頓時語塞，尷尬地別開視線說。

「……因為穿內衣的樣子被看到很丟臉啊。」

「丟臉是什麼意思？」

「是內衣耶？幾乎等於裸體了啊？我冷靜思考才發現，被不是交往對象的男人看到裸體，這未免也太扯了。」

「妳說得也沒錯……不過事到如今講這些也太遲了吧？妳穿內衣的模樣都被我看過兩次了，再多看幾遍也差不多吧。」

「浦島同學，你是不是經常被人說不懂得察言觀色？」

「嗚……」

我承認剛才的發言太過輕率，但妳也沒必要這麼講吧。

妳擅自反悔又用這麼冷淡的態度說話，我當然也會感到生氣啊。

「我說，水野同學真的能夠接受嗎？」

「咦？」

「妳若是不幫忙，我當然無法提供妳新作內衣。就算家裡再怎麼窮，一個女生穿那種撐到鬆垮垮的內衣未免太難看了吧？」

「什麼!?」

妳想找架吵那我奉陪，於是撂下一句戳到她痛處的話。

即使我說完便反省這麼講太過分，可惜為時已晚。

眼前同學緊咬下脣，以夾雜怒氣的眼神怒視。

「浦島同學才是，動不動就想看女生穿內衣，你不會是為了偷看女生裸體才當內衣設計師吧？」

「妳說什麼!?」

我可無法苟同這句話。

我從沒抱持澪所說的輕浮想法從事這份工作。

就在我打算反駁時，驟然想起剛才傷害到她的話而緘默。

兩人終於冷靜下來，並同時將視線從對方身上移向別處。

「……」

「……」

彼此都為自身發言感到後悔，卻為了自尊和賭氣不肯道歉。

在這沉重氛圍下，澪站起身來結束對話：

「總之，幫忙的事就當我沒答應過。」

放學後，二年E班教室裡只剩惠太和他朋友在談事情，其他同學都回去了。

「然後水野同學就說『冷靜思考發現被男人看到裸體太扯了』……秋彥你覺得呢？」

「就一般角度來講，大家都不喜歡內衣被看到吧。」

「啊、果然嗎？」

「就算真有女生願意給非親非故的男人看到裸體，那八成不是痴女就是仙人跳吧。」

坐在惠太前面座位講述個人見解的男生名叫瀨戶秋彥。

他外觀俊俏，個子也比惠太來得高。

兩人從國中便認識，同時他也是知道惠太從事設計師工作的好友。

由於答應將１００％純棉內衣的事保密，惠太只有說他偶然看見澪換衣服，然後迷上了她的身體。

「你對水野同學也太執著了吧，是怎樣，她身材真的有這麼好嗎？」

「嗯，我感覺到這就是命運。」

「哦，能讓惠太說到這份上倒是難得啊。」

「她就是典型的脫了衣服驚為天人，雖稱不上是巨乳但分量十足，那理想胸圍能讓內衣看起來更美。」

太小會覺得缺了點什麼。

大過頭又會搶走內衣風采。

而她的胸圍能在胸部和內衣兩者間取得平衡，對身為內衣設計師的惠太來說，簡直是理想尺寸。

「所以我說什麼都希望她能當模特兒，有沒有什麼辦法能讓水野同學脫光啊？」

「你不覺得後半段聽起來怪怪的嗎……總之只能讓她提起興趣吧，學攝影師拍寫真女星那樣讚美對方如何？」

「原來如此，拍馬屁大作戰是吧。」

「或者與水野同學成為被看到裸體也無所謂的關係。」

「嗯!?對啊，只要我與水野同學成為戀人……！」

「沒錯！到時候管他是內衣還裸體都能看到爽！」

只要成為戀人，內衣跟裸體都能看到爽。

乍聽之下還覺得是個非常完美的提案，但我馬上就恢復冷靜。

「不不，怎麼能因這麼不純潔的動機跟人交往。」

「咦──？我覺得這法子挺不錯的啊……」

「說到底的，我根本配不上對方吧。」

「那就只能想想別的辦法了。」

「又回到起點了……」

總覺得虛度了這世上最沒意義的時光。

「水野同學被看到內衣會害羞不是很可愛嗎？跟我姊她們完全不同。」

「啊……秋彥的姊姊們確實很驚人。」

「她們洗完澡竟然能一臉淡然地穿著內褲出浴室，我看她們早把羞恥心丟水溝裡了，偏偏她們長得漂亮又叫人難以招架……至今不知有多少男人慘遭她們毒手……」

瀨戶家的美女三姊妹。

是憑藉絕世美貌擄獲無數男人心的魔女。

「我認真給你個建議，要是你真心想挖角水野同學，那最好別太過直接。」

「什麼意思？」

「舉個例子吧，假設你跟女生獨處，當下氣氛不錯好了。」

「我哪知，我又沒碰過那種狀況。」

「試著想像一下嘛——接著你突然要求這個沒經驗的女生脫衣服，她一時之間也做不到對吧？」

「啊啊，確實有道理。」

「所以啦，一開始要從低門檻慢慢讓對方習慣才行。」

「我懂了……剛開始要從露出度較低的內衣穿起，一點一滴去麻痺水野同學的感覺才行啊……」

突然就叫普通女生脫衣服給我看內衣，這難度確實太高了。

既然如此就先讓她從簡單的任務開始挑戰。

「還有啊，如果希望女孩子理會你，必須得提出相當的好處才行。女人這種生物啊，光說我愛妳之類的甜言蜜語，她們根本不屑一顧。」

「秋彥你過去跟女生是發生過什麼事嗎？」

說實話有點在意好友的戀愛經歷，不過現在那並不重要——

（讓水野同學產生意願的方法啊……）

這還真是有些困難。

讓有羞恥心的女生主動脫衣服，這怎麼想都不正常。

「這麼說也對，既然是我希望對方協助，就必須表現出誠意。」

光會要求對方可稱不上是合作關係。

正如秋彥所說，我得提出相當程度的好處才行。

「我試著做出能讓水野同學一見鍾情，讓她忍不住想穿出去炫耀的內衣好了，我能做到的也只有這件事。」

正如同惠太看上了澪的身體想挖角她一般。

惠太也希望澪會想與自己一起工作。

因此才希望讓她迷上。

自己必須做出能讓她一見鍾情、想主動幫忙的內衣，如此才能讓她甘願合作。

◇

「首先，我得調查水野同學喜歡怎樣的內衣。」

不論是開發何種商品，最開始進行的都是「企劃提案」。

在製作內衣這塊領域，瞭解用戶喜好則是更加重要。

為了從無數內衣中脫穎而出，就必須得展現出讓客人想掏錢買下的魅力——也就是必須創造產品的「附加價值」。

譬如喜歡的顏色。喜歡的素材。抑或是喜歡的設計。

內衣設計師的工作，就是在成本和品質中拿捏平衡，從極其龐大的選擇中做出取捨，進而創造出理想的內衣。

因此設計的重要指標之一，便是整理市調並用於製作企劃書。

「這次無法直接去問水野同學，我去找她朋友打聽吧。」

這次企劃是要給澪一個驚喜，直接去問她就沒意義了。

因此惠太選定的目標是——

「吉田同學，方便打擾一下嗎？」

「哎呀？浦島同學？怎麼了嗎？」

我的同班同學吉田真凜，站在設置於樓梯旁的自動販賣機前，拿著剛買的草莓歐蕾，歪頭表示疑惑。

真凜是澪的朋友，留著獨具魅力的短雙馬尾，她的個性開朗，跟任何人都能自在聊天，在男生之中頗有人氣。

「其實我有事想找吉田同學談。我想送水野同學禮物，想詢問一下女生意見。」

「你要送澪澪禮物!?好棒喔！」

我才剛說完目的，真凜雙眼就亮了起來。

「畢竟浦島同學想追澪澪嘛，若是這樣我當然願意幫忙。」

「謝謝，其實我想給她個驚喜，希望妳能幫我保守祕密。」

「瞭解！」

真凜立正敬禮說，這女生真的很配合啊。

「對了，你想送怎樣的禮物給她？」

「啊啊，其實我想送她內衣。」

「內衣!?」

「嗯，還是超級可愛的那種。」

「超級可愛的內衣……浦島同學原來這麼大膽啊……」

「是嗎？」

「不，這麼做說不定能表現出自己與其他男生不同……？而且現在連情侶都會一起逛內衣店……」

真凜低聲嘟囔，接著回歸正題：

「可是傷腦筋啊……澪澪平時怕羞不願意和我們一起換衣服，所以我從沒看過她的內衣……」

這件事我早已知道。

她就是不想被人看到那100%純棉製的內褲才不用更衣室。

「啊，不過澪澪應該喜歡藍色系，像水藍色之類的，她穿便服經常拿藍色搭配。」

「原來如此……」

水野喜歡藍色——我用觸控筆將已知情報紀錄在平板裡。

「還有，她挑衣服很重視實用性。」

「實用性？」

「我們出去玩的時候，她多半會穿方便活動的衣服。」

「哦，是這樣啊。」

這麼一想，感覺她的確不喜歡輕飄飄的打扮。

（方便活動的衣服啊……這麼一提，她好像有說過在家都會穿運動服。）

從真凜那打聽來的情報。

我以這做為起點，開始在腦中整合靈感。

「還有啊，我有一個值得參考的情報。澪澪她這個人其實挺好唬弄的，而且挺容易被牽著走，我覺得你可以試著強硬點主動出擊！」

「哦哦，這確實是相當有用的情報。」

惠太或許無從得知，其實吉田真凜是個御宅女。

她涉獵廣闊，任何種類的作品都會看，其中特別偏好戀愛故事。

加上真凜至今仍誤以為惠太正單戀澪，這時他又特地跑來向自己請教送禮意見。

既然得到支持朋友戀情這個冠冕堂皇的理由，她的嘴巴自然不可能停住。

這使惠太在各種意義上都取得了十分有意義的調查結果。

企劃通過、決定內衣的製作方向後，才終於進入設計階段。

內衣會用前、後、側面外觀的三視圖進行設計。

這是內衣設計師最具價值的工作，同時也是挑戰自身才能和截稿日的嚴酷作業。

完成設計圖後會交給打版師。

所謂的打版師，是製作出內衣版型——也就是量產用設計圖的人，還必須依據設計師所畫的設計圖，挑選出縫製時所需的材料。

設計師的工作是決定內衣設計。

而打版師的工作是將設計實現，因此他們必須選出適合的布料和配件。

然而ＲＹＵＧＵ並沒有打版師，所以製作版型只能外包。

雖然有負責品牌營運的「代表」，不過能與打版師溝通磨合的，就只有身為設計師的惠太——

「——是，沒錯。這次想做成平時穿的輕便內衣，希望罩杯部分留有餘裕，穿起來能舒適自在。」

深夜十一點，惠太座在房間椅子上用手機通話。

對方是打版師池澤小姐。

除了知道她是年輕女性外，其餘一切都成謎團，她身為打版師的能力無可挑剔，不光是製作，就連樣品製作她也一手包辦，對惠太來說是個難能可貴的存在。

「……是，我明白了，那麼我就修改那個部分，打擾了。」

惠太掛斷電話，垂下握著手機的手，「呼……」地舒了一口氣。

「工作這麼晚辛苦了，哥哥。」

「謝謝妳，姬咲。」

惠太道謝接過馬克杯，輟了一口熱可可。

身後的姬咲，望向看著桌上的平板說：

「真難得，哥哥竟然會畫出這樣的內衣。」

「啊啊，這件是為了某個目的做的。」

「什麼目的？」

「我想用這件內衣，讓在意的女生回心轉意。」

「哥哥說的，是那個拒絕你挖角的人？」

「對對，就是她。」

「哼——？所以最近才努力到這麼晚啊。」

和澪起爭執後過了一週，為了給她看而做的內衣，製作也漸入佳境。

只要修正剛才池澤小姐在電話中提出的問題點，樣品就大功告成了。

完成後終於要把內衣給她看，那才是決勝負的時刻。

「所以哥哥今天也會晚睡？」

「嗯，我打算做一個段落再睡。」

「那麼就不打擾你，我先回房去了——晚安，哥哥。」

「啊啊，晚安，姫咲。」

目送可愛的妹妹離開後，我再次面向書桌。

桌上平板所顯示的，便是如剛才姫咲所說，我不常設計的那一類內衣……

「水野同學，不知道會不會喜歡。」

心中充斥著等量的期待與不安。

女生準備情人節巧克力時，大概也是相同的心情吧——

惠太腦中如此想著，並拿起平板和觸控筆。

「好了，開始最後衝刺吧。」

◆

水野澪是個責任感極強的少女。

自小學母親離家以來，她便代替工作繁忙的父親保護家裡、一手包辦家事，上高中後她還一面去書店打工，一面照顧小她兩歲的弟弟。

正因為她在這樣的環境下成長，才會導致她將內衣的煩惱藏在心中，不願向他人訴苦——

（竟然違背了答應幫忙的承諾，未免太不付責任了……）

這陣子，她一直因為與惠太起爭執感到心煩意亂。

（我很感謝浦島同學解決我對內衣的煩惱，他說隨時都能找他也讓我很開心……

不過這些是兩回事……）

畢竟，他所要求的協助是——

（要我穿內衣給他看，我果然還是做不到……）

若是要幫忙就無法避免。

這世上確實有人擁有暴露癖好，但澪並非如此。

對一名普通女生來說，讓男生看見裸體是極其害羞的事。

（說到底的，我幾乎不認識浦島同學……）

惠太說自己是內衣設計師。

然而，她還不清楚究竟是何種理由，讓身為高中生的惠太去從事這個工作。

就算要拒絕，或許也該等瞭解情況後再做決定——

當她腦中如此轉個不停時。

「——小澪？」

「咦……？」

她抬起頭，坐在對面的朋友正朝她那看。

「……泉？」

「妳怎麼在發呆，沒事吧？」

「我沒事，只是在想事情。」

時值午後，兩人坐在咖啡廳的露天座位。

泉身穿毛衣搭配裙子，澪則穿著白色上衣配牛仔褲的輕便外出打扮，今天是假日，她和兩位朋友相約出門玩。

「對了，真凜人呢？」

桌上有三人份的飲料。座位上卻只有泉和澪兩人。

「小凜去洗手間了。」

「這樣啊……」

我完全沒注意到，就算心不在焉也該有個限度。

「……哎，泉？我這只是假設喔？假設要是剛認識的男生，說想要看妳的內衣，妳會怎麼做？」

「咦咦!?」

泉聽完大吃一驚。

這位朋友羞得面紅耳赤，低頭抬眼看向這邊。

「小澪跟浦島同學，已經進展到這種程度啦……」

「為什麼妳會得出這種結論，我跟浦島同學真的不是那種關係。」

「是嗎？」

「就是啊，這問題是幫我朋友問的，妳別會錯意啦。」

我可不想加深旁人對於我和他之間的誤解。

儘管有些內疚，還是說謊避免大家揣測的好。

「要是男生這麼要求的話，泉會怎麼做？」

「嗯……要看時間跟場合，不過基本上都會拒絕吧。」

「也是啦，一般都會這麼做。」

我為對方意見與自己相同而感到安心。

「妳說要看時間跟場合，那什麼狀況下妳會答應？」

「咦!?這、這個，呃……跟喜歡的人在一起氣氛不錯的時候……之類的……」

「泉真的好可愛喔。」

羞得面紅耳赤嘀嘀咕咕的朋友實在太可愛了。

她個性內向、身材好，個子雖高舉止卻如小動物一般。

她是我們三人之中最純情的一個也說不定。

「只是我猜，那個被要求的女生，應該並不討厭對方才對。」

「咦？」

「就是因為不討厭對方，才會陷入苦惱。」

「這……」

泉說得對，我並不討厭惠太。

一開始我只覺得他是個變態，事後才知道他純粹是對工作太過投入，那些言行並沒有惡意。

應該說，我是真心感謝他解決了我對內衣的煩惱。

（再說，我對模特兒工作也不是沒有興趣……）

若真心不想做，那我也不會如此煩悶了。

只是，我同樣發自內心認為讓人看見肌膚非常羞恥——

（我到底該怎麼做才好……）

遲遲無法做出決定的心，再次陷入苦惱之中。

澪不斷在思緒迷宮裡徬徨，直到真凜回來為止。

之後澪她們來到最近剛開的購物中心。

她們陪喜歡漫畫的真凜逛了書店，跟泉一起進寵物店看小貓療癒，三人逛個不停，直到累得走不動為止。

和朋友度過愉快時光，回到家附近的車站時，已經過了下午五點。

「那麼小澪，我們學校見。」

「掰掰，澪澪。」

「好，學校見。」

澪和回家方向不同的兩人在車站前道別，獨自踏上歸途。

今天是假日，街上行人比平時來得更多，她經過打工地點的書店，在之前那間內衣專賣店前停下腳步。

「說起來，浦島同學家好像在這一帶……」

拒絕模特兒工作後，他就再也沒主動找我搭話了。

現在我們在教室見面頂多點頭示意。

我單方面違反約定，還講了很過分的話，說不定他真的生氣了。

「…………」

我將視線從裡頭擺飾的內衣上別開，如逃走般踏出步伐。

就在我遠離店家，走過某座天橋時——

冷冽水滴忽然輕輕打在鼻頭上。

「咦……？」

我停下腳步抬頭看，天空雲層密集，天色暗得不像是春天傍晚——

冷冽水滴再次落下，不過這次如散彈般擊打在地上。

「騙人、下雨了……!?」

最初幾秒還只是毛毛雨。

轉眼間卻化作滂沱大雨，掩蓋整個視界。

面對這急驟的氣象變化，沒帶傘的澪只能慌慌慌張張走過天橋，奔向騎樓避雨。

「呼……得救了……」

所幸一樓店家今天公休。

能暫時待在這等雨停。

澪如此心想，一面整理被雨打亂的頭髮，一面看向被灰色罉罩的街道。

「今天氣象預報有說會下雨嗎？」

平時我每天都會檢查，最近老是發呆才會忘記確認。

這場雨也未免太大了。

即使趕緊找地方避雨，衣服還是轉眼間就濕透了。

「連內衣也全濕了啦——嗯？內衣？」

澪的臉上頓失血色。

「啊、糟糕……!?」

今天早上天氣不錯，澪才會選擇穿比較單薄的白色上衣。

想當然耳，上衣被雨淋濕害底下內衣整件透了出來，更糟的是，今天穿的還是銅板價內衣三劍客中最矬的米黃色100％純棉內衣。

她立刻抱住自己的身體遮住胸口，可惜這麼做無法隱藏背部和腋下。

在這避雨時姑且還不成問題，只是現在天色雖陰，外頭卻還算明亮，車站周圍行人又多，在這衣服透出來的狀況下，就算雨停了也難以回家。

身上的錢也不夠叫計程車。

即使想找人求救，爸爸還在工作，而弟弟則說過今天有社團練習比賽。

或許剛才在車站道別的朋友有帶傘，但又無法讓她們看到這件內衣。

「該怎麼辦……」

眼前忽然一片白。

在這走投無路的狀況下，澪被寒冷和不安逼得險些落淚。

就在這時，低著頭的她在視線角落，看到一隻男用運動鞋。

「──奇怪？水野同學？」

「咦……？」

這似曾相識的聲音令她不禁抬起頭來。

惠太在雨中撐著塑膠傘，出現在她眼前。

「浦島同學……？」

他身穿休閒褲和連帽衫。

這位同學確認了澪的模樣後，顯得相當慌張。

「嗚哇，水野同學怎麼全身都濕了。」

「啊、那個……因為突然下起雨……」

「妳等一下。」

他走到澪身邊將傘放在一旁，接著脫下連帽衫打算披在澪身上，澪則遮住胸部慌張地拒絕他說：

「不、這樣……會害浦島同學的衣服弄濕……」

「妳別在乎那些，來。」

「啊……」

他硬是將連帽衫披在澪身上，上頭還帶有他的些許體溫。

「謝謝你，我這件慘到極點的內衣差點就被人看到了。」

「是說水野同學，我送的那件內衣怎麼了？而且妳好像還在準備室換衣服，妳一次都沒在學校穿過？」

「那是因為……這樣、感覺很狡猾啊。」

「狡猾？」

「我都拒絕當模特兒了，還穿你送的內衣，未免太不公平了……」

「水野同學也太認真了，妳不用介意那些，盡量穿沒關係。」

身上只剩一件長袖T恤惠太笑說，接著他拿起雨傘轉身。

「總之妳這樣會感冒的，來我家吧，浴室借妳洗澡。」

「咦？」

「妳會在這避雨，表示這裡離妳家有點遠吧？」

「……嗯，有一點。」

離我家公寓走路大概要三十分鐘。

以渾身濕透的狀態要走這段路確實有點困難。

「不過浦島同學，你出門不是有事情要辦嗎？」

「我只是去趟便利商店而已。好了，往這走，妳躲進來雨傘底下。」

「那麼…………不好意思……」

現在不是說共撐一傘很丟臉的時候了。

澪老實進入傘下，兩人在雨中走往惠太住的公寓。

這是第二次來訪，他家人似乎又不在——

「今天家裡沒人，妳不用客氣。」

惠太這麼說著並帶我走向更衣室，接著他進入浴室操作控制面板後回來。

「熱水馬上就燒好了，妳慢慢洗。」

「好的，謝謝你。」

「衣服晚點我拿姬咲——妹妹的舊衣服過來。」

「浦島同學原來有妹妹啊。」

「是啊，還有個姊姊。不過正確來說，她們倆應該算堂姊妹，由於種種原因，我們三個人一起住。」

「是這樣啊……」

會三個人一起住，表示他們的雙親都在外地工作吧。

澪家裡發生了不少事情，看來浦島家也是如此。

「我這有新作的樣品，妳不嫌棄的話借妳穿，如何？」

「新樣品……」

「妳想不穿內衣回家那也行。」

「嗚……」

即使身穿銅板價內衣，澪仍是個正值青春年華的女孩子。

她實在沒那個勇氣不穿內褲走在外頭。

「我、我跟你借……」

「瞭解，我拿個剛完成的特別款給妳。」

「…………」

澪冷眼看向如此開玩笑的惠太。

「……想不到浦島同學，有點虐待狂傾向呢。」

在惠太走出更衣室時，澪拋下這句話作為最低限度的報復，接著便獨自脫起淋濕的衣服。

◇

惠太被同年級女生投以冷淡眼神後離開更衣室，接著走向姬咲房間幫她拿替換衣物。

本來在未經同意下進入他人房間是違反禮儀，不過這次狀況緊急。晚點再向她解釋，順便買個布丁賠罪好了。

她的舊衣服都整理在衣櫃裡，惠太從中取出合身的褲子跟上衣後便離開妹妹房間。

隨後回到自己房間拿剛送到的內衣。

「本來這個，是打算明天在學校才亮相就是了。」

比預定早了一天，但不成問題。

惠太確認過澪不在更衣室後，才入內把衣物放進籃子裡。

「這樣就好了，水野同學出來前就繼續工作吧。」

雖然沒去便利商店買食材，但少吃一餐也不是什麼大問題。

反正也無法丟下澪出門去，於是惠太回到房間，拿起慣用的平板開始繪製設計圖。

那是在惠太戴起眼鏡前，還和雙親住在一起時發生的事。

才剛上小學的惠太，在當時住的獨棟房子客廳裡看著特攝英雄節目，突然間，他身穿黃色內衣的母親笑呵呵地登場。

「惠太，你看你看！爸爸的新作內衣，是不是很可愛？」

「是啊，我也覺得很可愛。」

早已習慣母親古怪行徑的惠太，對著炫耀新作內衣的母親豎起大拇指。

這位原本是當模特兒，和同年媽媽相較簡直年輕到難以置信的母親，卻是位會對讀小學的兒子炫耀新內衣的怪人。

「可是，媽媽這樣穿不會冷嗎？」

「才不冷呢！現在可是夏天啊！啊啊，真是的，我好想趕快把這件內衣的可愛傳達給更多人！乾脆自拍上傳到推特上好了～」

「我覺得最好不要喔，帳號會被凍結。」

「哦、哦……你居然懂這麼難的詞彙啊。」

「媽媽這麼喜歡可愛的內衣喔。」

「那當然！內衣可是人生中伴隨自己最長時間的夥伴，既然如此當然要穿最可愛的才好啊。」

「嗯，可能吧。」

惠太看著母親那充滿稚氣的笑容，也跟著笑了出來。

儘管她是個喜歡可愛內衣的怪人，不過惠太最喜歡開朗又溫柔的母親了。

他是真心認為穿著內衣的母親很美，也最喜歡母親穿上父親製作的內衣時，所綻放出的燦爛笑容——

「我長大後，要不要也做內衣給喜歡的人啊。」

「咦、真的嗎？那樣的話，等你做出可愛的內衣，能讓媽媽第一個試穿嗎？」

「好啊，我會做出一件超級可愛，甚至比爸爸作品還棒的內衣給妳。」

這就是惠太之所以成為內衣設計師的理由。

他是為了看到母親欣喜的笑容，才決定從事這份工作。

「……奇怪？我什麼時候睡著了……」

由於連日工作過度疲憊，使得惠太面向桌子打盹。

他扶起歪掉的眼鏡，看向桌上的電子鐘，自澪進浴室後大概過了三十分鐘。

總覺得夢到相當懷念的東西，可惜夢境輪廓早已朦朧不清。

他在椅子上打了個大呵欠，此時傳來了敲門聲。

惠太維持坐姿，身體轉向門回說「請進」，澪將門半開，畏畏縮縮地從門縫中探頭。

「那個……謝謝你借我浴室洗澡。」

「啊啊，身體暖和了？」

「嗯，當然。」

「那就好——是說水野同學，妳幹麼只露出臉？」

「…………」

澪緊閉嘴脣、別開眼神，將頭縮了回去。

接著半開的門完全打開，這才展現出她的全貌。

「水野同學……這……」

惠太之所以訝異，是因為進入房間的同學只穿著內衣。

說是說內衣，卻又和普通的胸罩有所差異，澪身上穿的是細肩帶睡衣型的內衣。

這件清爽的天藍色細肩帶睡衣，用的是觸感極佳的滑順布料，而內褲則是配合內衣做成睡褲。

睡褲是短褲造型的內衣，除了藉由改短褲管來突顯女生的腿，就這麼穿著在家裡行動也不會顯得突兀。

細肩帶睡衣整體露出度雖低，卻和男友襯衫並列為「希望女友在自己房間裡穿的衣服」之冠，也就是露出度低仍舊十分誘人的打扮。

「新作竟然是細肩帶睡衣啊。」

「再過一陣子天氣就會變熱了，我想做件能當作居家服穿的內衣，畢竟水野同學說過，在家都是穿運動服嘛。」

「咦？難道說，這件是因為我那麼講了你才做的？」

「算是吧。」

「哼——？我還以為這是你的策略，打算用露出較小的內衣來讓我習慣脫衣服，之後再逐漸減少布料面積。」

「老實說，也是有這個目的在。」

「我倒是希望你就算說謊也要否定我。」

澪冷眼看著惠太，卻不是真心感到生氣。

細肩帶睡衣能當作居家服使用，穿起來也比胸罩輕鬆，雖說惠太心想只要降低露出度，她就不會抗拒穿上這件內衣……

「說真的，我沒想到妳會穿給我看。」

「畢竟，今天是多虧浦島同學才得救，只是這點程度的話……我覺得這是件很棒的內衣。」

「太好了，這是我希望讓水野同學一見鍾情才做的內衣。」

「一見鍾情？」

「如何？有迷上它嗎？」

「嗯……我居然忍不住在鏡子前看到入迷了……」

「那就表示非常成功囉。」

惠太微微笑說，接著再次確認她身上的內衣。

細肩帶睡衣的缺點，就是會讓擁有一定胸圍的女性顯得臃腫，所以這次新作改成了胸部以下收緊的設計。

也因為這個設計，使得澪這種身材好的女生穿上會倍增破壞力。

「不過，為什麼妳願意給我看了？妳不是覺得很害羞嗎？」

「仔細想想，我的祕密全都被浦島同學知道了不是嗎，不論是內衣，還是我的弱點，都被你知道得一清二楚了……所以才覺得只是穿內衣的話……應該……不算……什麼……」

她一開始說話非常清晰，卻逐漸變得吞吞吐吐。

「果然還是會害羞……我臉好像要冒火了……」

「你這不就是俗稱的自爆嗎。」

「嗚……我、到底在做什麼啊……竟然在男生房間只穿著內衣……」

滿面通紅的澪十分羞澀可愛，惠太覺得如果把這想法說出口，怕是她再也不會穿內衣給自己看，只好默默藏在心中。

「那個……我能問個問題嗎？」

「什麼問題？」

「浦島同學，為什麼會成為內衣設計師？」

「為什麼喔……因為我喜歡女生內褲？」

「或許是這樣沒錯，不過我想知道的並不是這個。」

「啊哈哈，我開玩笑的——這個嘛，理由還挺多的，最主要應該是不希望ＲＹＵＧＵ消失吧。」

「咦？ＲＹＵＧＵ面臨破產危機嗎？」

「營運方面並沒有什麼問題。ＲＹＵＧＵ本來是我爸創造的品牌，基於種種原因，我爸得出國工作，所以打算收掉ＲＹＵＧＵ，於是我決定繼承下去。」

「你還是學生耶？」

「一開始的確很辛苦，經歷過無數失敗，受到許多人幫助，我才勉強撐得下去。」

未成年的小孩要和大人一同工作。

這絕非易事，現在也是多虧有家人協助，才有辦法繼續這份工作。

「我啊，想用ＲＹＵＧＵ的內衣讓女孩子嶄露笑容。」

「笑容？」

「嗯，我希望自己做的東西，能讓人開心。」

我回想起兒時，母親那炫目的笑容。

要是自己孕育出的內衣，若能讓別人露出如此燦爛的笑容就好了。

「內衣可是人生中伴隨自己最長時間的夥伴，既然如此當然要穿最可愛的，妳不這麼認為嗎？」

「……這麼說也對。」

澪點頭莞爾一笑。

「我懂這種感覺，穿上可愛的內衣會使人精神抖擻，就算光用看的也會感到十分幸福。」

「這麼說來，水野同學站在店前的確看起來非常幸福。」

第一次請澪到家裡的那天，她站在車站附近的內衣專賣店前，用著欣賞寶物的雀躍神情看著ＲＹＵＧＵ的內衣。

我本以為她是個冷酷的人，因此那笑容令我頗為意外。

「浦島同學真是個變態。」

「幹麼突然罵人？」

「你偷看我換衣服，還要我穿上你的內褲。」

「這誤會不是早就解開了嗎……」

「可是，我喜歡浦島同學做的內衣。」

她以溫柔語調說道，然後低頭看著自己的內衣繼續說下去。

「RYUGU的內衣之所以會這麼可愛，一定是浦島同學為穿的人著想，並努力鑽研才得來的成果。」

「水野同學……」

「我，果然還是想嘗試當模特兒。」

「咦、真的嗎？」

「嗯，我還是覺得害羞，不過我會努力的。」

「我好開心啊，妳怎麼突然改變心意了？」

「剛才不是說了嗎，我喜歡浦島同學做的內衣，喜歡到甚至會在店前停下腳步，目不轉睛地看著。」

身穿著細肩帶睡衣的澪，用那雙美麗眼瞳直視著惠太說：

「所以我也希望成為配得上出色內衣的女孩子。光只是憧憬等待，是無法配上那些內衣的。」

「……這樣啊。」

促成她這項決定的正是自己所做的內衣。

她現在這笑容，估計也是新作細肩帶睡衣所引出的。

這項事實令我高興到差點哭了出來。

「況且浦島同學是內衣設計師，你不會用下流眼光去看身穿內衣的女生。」

「咦？不會啊，多少還是會帶有那樣的眼光喔？」

「咦……」

「剛才內衣被看見而感到羞恥的水野同學很可愛，真的非常誘人，我現在也認為能看到可愛女生穿著內衣簡直賺到了。應該說，完全沒抱持那種想法對女生未免太過失禮了。」

「…………」

「嗯？水野同學？」

她怎麼了。

眼前同學兩手緊抱住身體、側身遮住胸部，並冷眼看向這邊。

她原本散發出的溫和氛圍徹底消失，接著她以冷漠聲調罵道：

「……浦島同學這個變態。」

◆

連假剛結束的這一天，澪她出現在學校的更衣室裡。

她在不習慣的環境下緊張地脫去西裝外套，解開裙子和上衣，露出了惠太做給她的第一件水藍色內衣——

「啊——!?」真凜看了大叫。

「澪澪的內衣超級可愛！」

「我也覺得很漂亮。」

「謝、謝謝誇獎……」

泉也接著稱讚道，澪聽了自然是笑顏逐開。

今天是澪第一次主動邀朋友一起換衣服，兩位朋友聽到她如此提出也是非常開心。

能夠與她們倆一起換衣服，都是多虧了惠太給的內衣。

「……他確實有些變態，不過是個好人。」

澪以小聲到沒人聽得見的聲音碎唸。

他真心認為惠太實在是太厲害了，居然能做出光是穿上就能令女孩子綻放笑容的出色內衣。

「是說澪澪……原來胸部這麼大啊？」

「咦？」

「啊，我也這麼覺得，穿著衣服完全看不出來呢。」

「泉的胸部不是比我更大嗎。」

與朋友討論胸部大小，讓澪感到十分彆扭、難以靜下心來。

和女性朋友聊天固然開心，但肌膚被看到還是覺得有些丟臉。

即使如此，她仍下定決心要改變自己想法。

「真凜、泉——」

兩名朋友聽見澪的聲音，便轉頭看向她。

她手按胸口，神情緊張地向她們提議：

「下次，要不要一起去店裡幫彼此選內衣？」

一切，得先從讓兩人認識真正的自己開始。

因為和知心好友一同度過的時光，比起顧面子買新衣服、躲起來換衣服，不知道要重要多少倍。

那天放學，澪踏著輕快步伐走向特別教室大樓。

「得跟浦島同學報告，真凜和泉都稱讚內衣很可愛。」

一想起更衣室發生的事就不禁笑了出來。

今天說好要進行上次講到一半便中止的會議，多虧那件新作內衣，澪才得以變得更加積極，對工作的幹勁也不斷攀升。

具體來說，她現在甚至認為內衣被看見似乎也不算什麼。

就當澪來到被服準備室，興高采烈地轉開門把時。

「浦島同學，讓你久等……咦、這是？」

一打開門，眼前卻出現了不可思議的景象。

具體來說，就是色彩繽紛的物體散落在地板和桌子上，而那些物體的真面目，正是五顏六色的胸罩和內褲。

更奇妙的是，準備室鏡子前站了一位金髮女孩——

她頭上戴著兔耳，腳穿條紋過膝襪。

身上則是穿著藍與白色為基底的圍裙洋裝，還雙手將裙子前擺掀起。

「金、金髮兔耳女僕在鏡子前把裙子掀起來……？」

連澪自己不明白她到底在說什麼，頭腦也難以理解這景象。

在這處處散落內衣的異次元中，身穿神祕裝扮掀起裙子，確實是常人難以理解的行徑。

「——哎呀？」

那名女孩子聽見聲音，察覺到有人進來便轉過頭。

她長髮搖曳地轉頭九十度。

就連這時候，她拉起裙擺的手都沒放下，使得澪將她令人目眩神迷的腿和純白內褲盡收眼底。

（哇啊，好可愛的內衣……）

腦中首先浮現的，是對映入眼簾的內褲之感想。

（而且，她真是位美少女……）

接著浮現的是對她外貌的感想。

（好美的頭髮……大大的眼睛簡直像是寶石……）

最後忍不住盯著她的金色長髮，和寶石般青色眼瞳看到入迷。

這位絕世美少女的身體每一部分都如同精巧的西洋人偶，身材嬌小腿卻修長，就連身為同性的澪也看到不禁讚嘆。

（我記得這人是三年級的學姊吧？為什麼她會在這房間……）

她有著與日本人大相逕庭的容貌，在校內相當知名，由於她經常在學生之間引發話題，就連澪都知道她的事。

這麼一位絕世美少女，以世人看了都心動不已的舉止歪頭問道：

「請問妳是哪位？」

「啊……那個……」

她以銀鈴般悅耳的美聲提問，我不禁慌張起來。

說起來我並不算是擅長交際，更何況對方是高年級。

就在澪煩惱著該如何回答時，她身後忽然有第三者冒出頭來。

「咦？水野同學妳已經來啦。」

「浦島同學……」

踏進這尷尬現場的，正是今天跟我相約討論的人。

一見到有男生進來，金髮美少女便若無其事地將裙擺放下，而惠太則親暱地對她打招呼。

「絢花辛苦了，這件衣服是拍攝用的？」

「是啊，很可愛吧？」

看來他們似乎認識，惠太甚至直呼她的名字。

雖不明白對話內容，看來他們關係頗為親密。

「嗯……你們倆認識嗎？」

「啊啊，水野同學跟她是第一次見面吧。這位絢花是從以前就協助我製作內衣的模特兒。」

「模特兒……？」

所以她不只學年，就連模特兒方面也算是我的前輩啊。

身穿女僕裝的學姊，站在澪面前露出惹人憐愛的笑容。

「初次見面，我是三年級的北條絢花。」

「初、初次見面，我是二年級的水野澪。」

如此近距離目睹美少女的笑容，使得澪臉紅心跳地做完自我介紹。

「那個，北條學姊？我能提一個問題嗎？」

「哎呀，什麼問題？」

「學姊這身打扮是什麼？」

「啊啊，這些是角色扮演服——」

絢花低頭看向衣服，在原地轉了一圈說：

「正如妳所見，是可愛的兔耳女僕喔，還帶了一點愛麗絲夢遊仙境的風格♪」

「看這房間的慘狀，應該比較像愛麗絲夢遊內衣之國吧。」

為什麼她要穿上角色扮演服。

為什麼要在鏡子前觀察自己的內褲。

澪開始認真煩惱，在解開這些謎團前，究竟該如何收拾散落在地的無數內衣。

第三章　愛麗絲夢遊內衣之國

在偶遇兔耳女僕之後，澪和絢花、惠太兩人圍繞在準備室的桌子旁。

身為同班同學的澪和惠太相鄰而坐，絢花則坐在惠太的對面。

散落在地上的無數內衣已收拾完畢，絢花也從女僕裝換回制服，而澪不停偷瞄這位彷彿剛才什麼事都沒發生過的學姊。

（在校內有見過她幾次，不過近距離一看真是位超凡脫俗的美少女啊……）

這麼仔細端詳，還真被她的美貌所震撼。

她那金髮碧眼的外貌確實充滿異國風情，名字卻是純和風，說不定是混血兒。

「我是混血兒喔，祖父是英國人。」

「咦？」

「妳一直看著我的頭髮，我想說妳是不是有點在意。」

「啊，對不起，我真是沒禮貌……」

「沒關係喔，我工作習慣被人看了。」

「工作？」

澪反問說，此時惠太代替絢花回答：

「絢花她身兼時尚雜誌的模特兒。」

「這麼說來，我好像偶爾在真凜帶的雜誌上看過。」

畢竟她就是有著如此出眾的美貌，就算本業是模特兒也不足為奇。

「也因為這工作，我的興趣是收集可愛的洋裝和內衣。」

「所以才會有堆積如山的內衣啊。」

現在絢花的書包塞滿了大量的內衣，而那書包現在正放在椅子上，看上去似乎隨時都會爆開來。

「她雜誌攝影工作那麼繁忙，還願意試穿內衣真是幫了我不少。」

「啊，難道說，剛才是在檢查樣品？我才想學姊站在鏡子前掀起裙子是在做什麼呢。」

「啊啊，我那是在練習怎麼露內褲才會效果倍增。」

「……妳說什麼？」

「這是我的興趣，研究要怎麼露內褲才能迷倒男生。」

「學、學姊竟然有如此特殊的興趣……」

我為得知新世界的存在而訝異不已。

忽然坐在對面的絢花顫抖著肩膀忍笑說：

「澪同學真是個直率的孩子，我是開玩笑的。」

「為什麼要開這種玩笑……」

這人的步調還真是獨特。

面對初次見面的澪，也用不了多久就用名字稱呼。

直言不諱地說，這位學姊似乎有一點怪。

「其實，我下次攝影工作要穿剛才那套衣服，我正在試哪件內衣和那套衣服最搭。」

「咦？雜誌攝影連內褲也要拍嗎？」

「是不至於拍到，不過穿上可愛的內衣能夠振奮精神呀，這種小事意外地很重要呢。」

「啊啊，原來如此，我大概懂。」

「就跟要和喜歡的人見面時，會選擇穿成熟內衣是相同道理。」

「這我就不懂了。」

絢花說的就是一般俗稱的決勝內衣

這對毫無戀愛經驗的澪而言，實在難以理解。

「北條學姊，妳也有擔任浦島同學的內衣模特兒嗎？」

「嗯，是啊。」

「為什麼妳願意當他的模特兒？」

要協助惠太，就表示得讓他看見穿內衣的樣子。

若不是有什麼內情，實在很難相信年輕女生同意在異性面前露出肌膚。

「水野同學妳當我是什麼人啊？」

「誰叫浦島同學只要扯上內衣就會變得怪怪的。」

「您說得是。」

看來他似乎有自覺自己是個變態。

惠太乖乖閉上嘴巴，此時絢花回答。

「是我自己決定協助他製作內衣。當然，我並不是完全不會覺得害羞，不過對方是惠太的話，我並不會感到多抗拒。」

「是說我有點在意，學姊和浦島同學是怎樣的關係？」

「啊啊，我和惠太是兒時玩伴。」

「兒時玩伴？」

「在我搬到現在的公寓之前，我們家住在附近。」

「我和他是從幼稚園到高中都在一起的孽緣。」

「所以浦島同學才會直呼學姊的名字啊。」

這就是他們倆之所以莫名親暱的理由。

「絢花從以前就有著理想的小奶。」

「理想的小奶？」

「沒錯！不會小到變貧乳，看似拘謹又能呈現出女人味的B罩杯胸部，簡直就是上帝創造的藝術品！小尺寸的胸罩需求量很高，為了設計出更加可愛的內衣，絢花對我可說是不可或缺的存在！」

「這麼講讓我有點害羞呢。」

被惠太稱讚後，學姊臉頰微微泛紅，看起來非常可愛。

看上去確實尺寸較小，但她的胸部曲線卻非常美麗且充滿女性魅力。

「原來協助浦島同學的人，不只有我一個啊。」

「是啊，現階段除了家人以外，只有絢花和水野同學而已——糟糕，說起來今天預定要和水野同學討論工作的事。」

「都完全忘了。」

說到底，我就是為了這件事才來到準備室。

鋪陳過度冗長，兩人這才進入正題。

「具體作業晚點再說明，在正式開始工作之前，我得先幫水野同學量尺寸才行。」

「量尺寸？之前浦島同學不是說只要看過就能知道尺寸嗎？」

「我只能推估概略三圍，正確的數字還是得要量過才知道，既然要當模特兒，我就得仔細把握水野同學的詳細數據。」

「那就沒辦法了。」

「好吧，我們現在就開始量。」

「好的，我拒絕♪」

「咦!?怎麼又來這招!?」

「就算要量，也不能讓男生來量吧。」

設計師必須把握模特兒體型是理所當然的事，可是就算得讓對方知道三圍，讓異性幫忙量尺寸仍會令人心生抗拒。

「既然如此，只能去店裡請人幫忙量了。」

「哎呀，沒那個必要吧。」

當惠太提出替代方案時，在一旁聽著的絢花說。

「不需要特地跑去店裡，讓我來量不就好了。」

「絢花來量？」

「如果是北條學姊量，那我也放心了。」

比起初次見面的店員，讓學姊來量或許會輕鬆些。

這提案的確是頗具魅力，惠太聽了卻不知為何陷入思考……

「水野同學，妳能接受嗎？」

「當然可以，我們都是女生，哪會有什麼問題。」

「嗯……」

「你怎麼愁眉苦臉的？」

「算了，反正絢花知道測量方式，既然水野同學同意那就好吧。」

「那就這麼定了。」

三人做出結論，絢花開心地綻放笑容。

「今天我還得回去工作，水野同學也要做準備，量尺寸選在下次假日可以嗎？」

「好的，我沒問題。」

「既然如此，當天就用我房間量吧。」

「那麼，週末在惠太家集合。」

就這樣，三人決定好澪人生中第一次量尺寸的日程。

◆

隔天早上，澪進入教室把教材放進書桌時，看見真凜抱著一本雜誌走過來。

「澪澪，妳看這個！這個月雜誌有刊登北條學姊的照片！」

「北條學姊？」

「妳看這邊！」

好友興奮地翻開雜誌。

雜誌上的，正是昨天在被服準備室見到的學姊。

照片中的絢花身穿清爽的夏季洋裝，以某座廣場為背景，對著讀者嶄露燦爛笑容。

另外上面記載的名字不同，她似乎用了藝名。

「北條學姊的藝名是『瀧本絢』，竟然能跟主推的模特兒讀同一所學校，實在太感激了～」

「能讓我看看那本雜誌嗎？」

「好啊～」

把從真凜那借來的雜誌攤在桌上。

絢花穿的洋裝固然可愛，不過比起衣服，目光無論如何都會忍不住被人給吸走，因為她的笑容就是如此富有魅力。

「北條學姊，真的好可愛喔。」

「就是啊，她個子嬌小，但穿什麼衣服都好看，還是個純天然的金髮美少女，未免太犯規了。」

「聽說學姊，好像是浦島同學的兒時玩伴。」

「咦，是這樣嗎!?」

「之前有機會跟她聊到，她本人是這麼講的。」

「這可真是大新聞啊……要不要乾脆拜託浦島同學幫我要簽名啊？」

「這個妳得問他了。」

「不過，兒時玩伴啊……這下說不定，殺出了一個強大的情敵喔？」

「情敵？」

「她可是兒時玩伴耶？自幼感情就好，現在還念同所學校，如果是漫畫或連續劇，兩人肯定會萌生戀情啊。」

「那是漫畫跟連續劇才會發生啊……」

「澪澪妳這麼悠悠哉哉的，浦島同學可是會變心喔？」

「妳怎麼還在會錯意啊。」

我跟他之間真的沒什麼，偏偏真凜就是不信。

「我聽說北條學姊自入學以來，就被無數男生告白過，但她至今都沒交過男朋友。」

「是這樣嗎？」

「說不定學姊早已心有所屬了，那人說不定就是浦島同學喔。」

「真凜的想像力未免太豐富了……」

真不知道她是怎麼想出如此純戀的劇情，實在是不可思議。

（仔細想想，即使兩人是兒時玩伴，也不可能輕易露出內衣給他人看吧……）

女高中生讓異性看裸體，這件事的門檻有多高當然是不言自明。

之前講到一半就被含糊帶過，所以絢花願意幫忙惠太製作內衣的理由依然成謎，若假設她真的對惠太抱有好感，那麼一切似乎就說得通了。

（莫非，北條學姊真的喜歡浦島同學……？）

這可能性並不是零。

縱使浦島同學是個變態，難保這世上說不定還真有這麼一位品味獨到的女生，會喜歡像他這樣的變態……

「嗯……」

「哈!?澪澪居然面有難色!?別擔心啦！浦島同學對澪澪非常專情，絕對不會被兒時玩伴學姊給拐走的！」

「我才沒擔心這種事。」

「對了，這給妳吃，打起精神吧？」

「拜託妳把我的話聽……啊、這個，是前陣子新出的對吧。」

真凜從書包拿出小包裝的方形巧克力。

這是在一般牛奶巧克力中，再塞了草莓口味巧克力的奢華商品。

換作是平時，我肯定會心懷感激地收下她的心意，可惜的是現在這時間點還真有點尷尬。

（巧克力的誘惑實在難以抵抗，可是這週要去浦島同學家量尺寸……）

不只實際測量的絢花，這數據之後還會給惠太看見……

「儘管可惜，在決戰前我還是先別吃了。」

「嗯？這樣啊？」

澪將巧克力和少女的威信擺在天秤上，最終選擇後者。

即使她不認為這會對週末的身材能有多大影響，總之以防萬一。

只可惜複雜的少女心並沒有傳達出去，只見真凜不解地歪頭，將巧克力塞入口中。

當天午休，去圖書館借文庫本的澪一出走廊，就撞見拿著盒裝柳橙汁的惠太。

「咦？水野同學，原來妳去圖書館啊。」

「是啊，打發時間用的書正好看完了。」

「水野同學也要回教室？要不要一起回去？」

「也可以啊。」

澪沒理由拒絕便答應了，於是兩人並肩走向教室。

「剛才小考分數輸秋彥，結果我得請他喝果汁作懲罰。」

「浦島同學跟瀨戶同學感情真好呢。」

「我們從國中就認識了，他也知道我的工作。」

「是這樣啊。」

「啊，我們並不是ＢＬ那一類的關係，妳可以放心。」

「我並沒有這麼懷疑過。」

我都還沒懷疑就矢口否認，這不是此地無銀三百兩嗎。

「對了，浦島同學，我之前忘記說，謝謝你的內衣樣品。多虧有那件，我才能和泉她們一起去更衣室換衣服，所以至少先跟你講一聲。」

「哦哦，那真是個好消息。」

「她們倆都稱讚浦島同學做的內衣很可愛。」

兩人一面聊著，一面走樓梯前往教室所在的三樓。

正當要走向教室時。

「……嗯？」

澪忽然感受到一股視線，回頭一看，便發現了一名金髮學生。

「北條學姊……？」

惠太似乎沒有查覺到，偶然路過的絢花，從四樓樓梯平臺往下直盯向兩人。

「啊……走掉了……」

沒多久，她就走上樓了，她轉身離去時的側臉看起來頗為不悅——

「學姊……心情好像不太好……」

因為她可愛地氣嘟著嘴。

能讓她露出這種表情的原因應該不多。

「難道是因為……我和浦島同學在一起……？」

即使澪和惠太不是情侶，但兩人有說有笑走在一起仍是事實。

如果絢花不悅的理由，是嫉妒走在惠太身邊的學妹——

「難道說，學姊她真的……」

真凜那宛如漫畫戀愛情節的妄想。

逐漸變得真實起來了。

◆

假日下午兩點後，三名成員集結於位在公寓七樓的浦島家一室，也就是惠太的房間兼工作室。

這天澪穿著方便活動的褲裝。

絢花穿著簡潔的上衣加長裙，看起來十分成熟。

出來迎接兩人的惠太則穿著春季毛衣搭配牛仔褲。

「你的房間還是這麼豪華，雖然配上這個半身模特兒感覺超級詭異。」

「是嗎？我反倒覺得沒有約瑟芬反而會靜不下心。」

「那純粹是浦島同學的感官麻痺了……是說你還給半身模特兒取名字喔？」

題外話，今天約瑟芬穿的是白色內衣。

設計十分簡潔，搭配藍色緞帶做點綴顯得格外可愛。

「閒話家常先到這結束吧，我們立刻進入正題，現在成員都到齊了──」

絢花回過頭來，藍色眼瞳直視兒時玩伴說：

「總之惠太先離開這房間吧。」

「這好歹是我房間耶。」

「不准有意見，我現在要幫澪同學量尺寸，你當然得出去。」

「不好意思，浦島同學。我也不希望量尺寸有男生在場。」

「算了，反正我本來就打算出去。」

就澪來說，實在不希望量尺寸時被人看到。

雖然對惠太不好意思，還是得請他暫時離開。

「對了。光是在外面等也很無聊吧，你能去便利商店買冰嗎？我想吃上個月出的雪兔大福限定版抹茶口味，當然是惠太請客。」

「咦？可是那個冰不是超搶手嗎？」

「在你買到之前都不准回來喔♪」

「暴君啊……這裡有個披著金髮美少女外皮的暴君……」

惠太因暴君・絢花之暴政而顫慄不已。

可是澪在一旁看了卻想著其他事情。

（今天的北條學姊倒是一如往常。）

先前在學校看見她不悅的表情，本來還有點擔心，如今她的心情大好，簡直像個剛拿到新玩具雀躍不已的小孩。

「那麼我就先出去了……水野同學。」

「什麼事？」

「先提醒妳一下……若是覺得危險就馬上逃。」

「你房間是躲了什麼恐怖份子嗎？」

他留下這句神祕的話便離開房間。

隨後為尋求限定商品踏上旅程。

「礙事者趕走了，我們開始準備吧。」

「好的。」

澪聽從指示，移動到空曠的地方開始脫起衣服。

此時在一旁的絢花，也將自己的上衣鈕扣解開。

「咦？為什麼學姊也要脫？」

「我怕妳一個人脫會感到丟臉，一起脫多少能緩和緊張對吧？」

「這個嘛，也是啦……」

「而且我脫了也能給觀眾當福利啊♪」

「這我就聽不懂什麼意思了。」

先不管什麼觀眾福利，看來這是絢花用自己的方式在關心澪。

況且澪沒理由拒絕她，於是兩人繼續作業。

她們各自脫去上衣，把褲子和裙子放一旁，最後將襪子也脫去，展現出彼此的內衣。

「哎呀，妳穿的內衣好可愛。」

「這是浦島同學做的，北條學姊的內衣也很美。」

「呵呵，謝謝稱讚♪」

今天澪穿的內衣，是澪系列第一號作品的水藍色內衣。

絢花則穿著十分討喜的粉紅色內衣。

不愧是惠太讚譽有加的身體，的確堪稱是極品。儘管胸部尺寸偏小，身體線條卻充滿女人味且穠纖合度，真的是非常美麗。

「量尺寸是要穿著內衣量對吧。」

「是啊，尤其是胸圍必須調整到正確位置，這可是鐵則。」

「正確位置？」

「這麼說妳可能難以理解，胸罩其實是個如魔法般優秀的道具喔，它不只能將胸部收在最佳位置，還能讓胸部看起來更美。」

「這麼說來，我穿了浦島同學的內衣後，好像也覺得胸部看起來更豐滿。」

「那就表示胸罩有好好發揮功效。將胸部收在正確位置，不只能夠調整姿勢，對肩膀負擔也會變小，可說是好處無窮。」

「原來有這麼多效果啊。」

兩人終於準備完畢。

身穿內衣的絢花，拿起她準備的捲尺。

「那麼我要開始量了。」

「麻煩妳了。」

「先從胸圍開始吧。量胸圍時要穿著胸罩，將捲尺繞著胸部最高的位置，測量時要記得不能勒太用力破壞胸部形狀。澪同學，能把手舉起來嗎。」

「好的。」

澪依照指示舉起雙手。

用捲尺繞胸部一圈後，再以手放下的狀態確認數字。

「上圍量完後換下圍，下圍要從乳房的正下方測量。這是挑選內衣必須知道的數字，也是非常重要。」

絢花將捲尺環繞胸部下方一圈。

做法和量上圍一樣，同樣也三兩下就量好了。

「再來是腰圍，要以姿勢端正、自然站立的狀態，量腰最細的部分。」

腰圍也沒問題，一切非常順利。

「最後是臀圍，這和胸部一樣，要從屁股最高的部分側量。這邊也得注意不能破壞臀部形狀，要溫柔地用捲尺環繞。」

就在她要用捲尺測量被內褲包覆的臀部時。

「咿呀!?」

「哎呀，怎麼啦？」

「啊、不……沒事……」

學姊用捲尺環繞時，好像不動聲色地撫摸我的屁股……

女生不可能會對女生性騷擾，應該是我多心了。

（哪怕是找女生幫忙測量，還是會有些害羞啊……）

過去鮮少有機會被他人仔細盯著身體看，就算是為了測量身體數據，也實在教人靜不下心。

在她如此想著的時候，臀圍也測量完畢了。

絢花將捲尺放在桌上，確認寫在紙上的數值。

「胸圍84、腰圍56、臀圍82、下圍66……身材真的好好喔，就是典型的脫了衣服驚為天人。」

「浦島同學先前也說過類似的話。」

說我的體型十分理想，希望我能穿他的內褲，現在回想起來還真叫人懷念。

「我有點好奇，澪同學為什麼會願意協助惠太呢？」

「這……總之一言難盡。」

我別開視線含糊帶過。

總不能告訴她自己穿銅板價內褲的黑歷史。

「學姊才是，為什麼願意幫忙？因為妳們是兒時玩伴嗎？」

「這也是其中一個理由，真要說的話，因為我是惠太的第一個女生吧。」

「咦？第、第一個是指……」

突然冒出的刺激詞彙令我不知所措。

腦中不禁浮現出種種桃色妄想，臉熱到彷彿要燒了起來。

「哎呀，臉變這麼紅還真可愛。放心吧，不是澪同學所想的那種刺激內容。」

「那第一個女生是什麼意思？」

「嗯……從頭講有點拖時間，我用剪輯版來說明好了。」

「剪輯版……」

絢花以這少見的迷言作為開場白講起往事。

「妳或許會感到意外，其實我小時候一點都不可愛。不只瀏海長、個性灰暗，還一臉雀斑，學校同學總是捉弄我取樂。」

「實在難以想像……」

「我就說吧？」

她俏皮地笑道。

「不過啊，只有惠太說這樣的我很可愛。他肯定是想幫垂頭喪氣的我加油打氣，光是這樣我就很開心了，沒想到在我八歲生日那天，惠太竟然送我他自己設計的內褲。」

「咦？內褲？」

「他還一臉得意地說這絕對很適合絢花喔？我聽了還忍不住笑出來。」

「浦島同學，原來從小就是那副德行啊……咦？那麼，剛才說的第一個是指……」

「是指我是第一個收下惠太內衣的女生。」

絢花生日時收到的是一件純白內褲。

這是年紀尚幼的惠太第一個設計出的內褲，最後似乎是由他身為職業內衣設計師的父親，根據他的設計做出成品。

「那件內褲真的是非常可愛。我那時就想總有一天，我要成為配得上這件內褲的漂亮女生。多虧惠太送的內褲，我才能變得如此積極進取。」

這和澪願意協助惠太的理由相同。

美麗的內衣，改變了澪的內在。

而惠太小時候做的內衣，改變了一個女孩子的人生。

「我不斷努力讓自己變得可愛，後來甚至接到雜誌模特兒工作……我能有今天，都是多虧了惠太。從惠太送我內衣當禮物的那天起，我就成為他內衣的粉絲了。」

「原來發生過這種事啊。」

對外貌自卑的女性奮發向上，最後變漂亮當上模特兒，簡直就如灰姑娘的故事一般美好。

然而，澪腦中卻產生了與感動無關的其他感想——

（不不不，慢著喔？這不表示北條學姊絕對喜歡上浦島同學了嗎？她說著說著臉都紅了，這表情完全是戀愛中的少女吧……）

起初我還半信半疑，聽完剛才的故事我完全肯定了。

絢花一連串的舉止與反應，徹底表現出了對兒時玩伴的戀心。

「沒想到真凜的推理居然成真了……」

「嗯？推理？」

「沒什麼，我自言自語——對了，謝謝學姊幫我量尺寸。」

「哎呀，還沒結束喔？」

「咦？」

「事前惠太跟我說，水野同學這次是第一次量尺寸，所以想趁這次機會測量全身的數據。」

「全、全身數據……？」

「是啊，他吩咐得從頭到腳全都測量清楚才行。」

「量內衣尺寸不是只要三圍就夠了嗎？」

「自己挑內衣的話，確實量三圍就足夠了，不過我們是協助製作內衣的模特兒，全身詳細數據是不可或缺的。」

「若是這樣的話我也無法拒絕了……具體來說要量那些地方？」

「當然是全部啊，從肩寬到跨部，若是能量到手圍和腿圍就更好了。」

「連、連這種地方都要量啊……」

看來他真的是想要全身數據。

光是量腿圍，就已經比量腰圍來得羞恥了，但性格膽小的澪，實在不敢對絢花這位學姊提出意見——

「就是這麼回事，要現在開始第二回合嗎？」

「……好。」

澪放棄無謂掙扎，將一切交由命運處理。

◇

另一方面，被叫去跑腿的惠太剛走出第三間便利商店。

「這裡也賣光了……不愧是人氣爆表的雪兔大福……」

正如其名，雪兔大福就是以雪兔為造型的冰品。

在兔子造型的麻糬中加入冰淇淋，可說是劃時代的產品，最近還推出期間限定販售的抹茶口味，經由網路口碑行銷後更是造成了空前熱賣。

惠太老早就聽說到處售罄，如今他也成為雪兔難民之一。

「水野同學應該沒事吧……雖然我事先叮嚀過絢花了……」

天曉得那兒時玩伴是否會遵守指示。

粗估遵守機率大概是一半一半——不，把她的個性考慮進去，應該是不太可能遵守。

「得趕快找到回去才行……畢竟水野同學並不清楚絢花的『本性』……」

即使再怎麼擔心同學，但買不到冰就無法回去。

生性認真的惠太，實在無法拋下跑腿任務直接回家，只好再次踏上尋找冰品的旅程。

他抱持最後一線希望踏入第四間便利商店……

「這裡也賣完了……」

可惜的是，冷凍櫃裡到處都找不到兔子的蹤跡。

「這下家附近的便利商店全找過一輪了……」

無法達成目的，惠太灰心喪志地走出店時，忽然在入口的停車格前停下腳步。

「……咦？這不是剛才擦身而過的女生嗎？」

他的視線指向一名與自己年齡相近的女生，她就站在停車場裡的黑色轎車前。

她應該與澪差不多高。

這名身穿針織衫和裙子的美少女，留著一頭黑色的鮑伯短髮，惠太進入便利商店時，正好與結完帳的她錯身而過。

「仔細一看，這女生胸部挺大的……是說怎麼好像起了爭執？」

那位黑髮少女在車前，似乎與身穿西裝的人物發生糾紛。

那名身穿西裝的人個子比少女還高，大概有１６５公分左右。

她留著一頭超短的亮澤棕髮，乍看之下是個男人，不過看那纖瘦的身體輪廓，很顯然是位女性。

少女一臉嫌棄地對那名帶有男裝麗人氛圍的女性回嘴。

「總之妳回去！我沒打算回去——」

「不，我就說明白了！雪菜應該要回來，難得妳有著得天獨厚的——」

雖不清楚在談些什麼，然而雙方各執一詞，無法達成共識。

雪菜應該是這女生的名字吧，兩人氛圍不像是家人，而那女生似乎是真心感到困擾。

「這實在無法視而不見啊……」

碰到這緊急狀況，只好暫且中斷尋找雪兔之旅。

惠太決定介入這場紛爭，於是走近兩人，以不刺激對方的平穩語氣搭話：

「不好意思，能打擾一下嗎？」

「……咦？」

「嗯？幹麼，你又是誰？」

少女因陌生男子介入而感到驚訝，身穿西裝的女性則是皺起眉頭說：

「這是我和這孩子之間的問題，與你無關就不要插嘴。」

「我也是這麼想，可是她似乎真心感到困擾。」

「就說了，你這是多管閒事。」

「那麼我就多管閒事給妳個忠告，大家都盯著妳們倆。」

「唔……」

女性望向周遭確認情況。

畢竟是在便利商店前大吵大鬧的，好幾個店裡的客人和路人都看向她們。

「我不清楚妳們在吵些什麼，但引人注目對雙方都不會有任何好處吧？」

「……嘖。」

身穿西裝的女性不悅地咂嘴，接著她那尖銳的視線轉回少女身上。

「今天我先回去，妳改變心意就連絡我。」

「…………」

她對著一語不發、別開視線的少女留下這句話後，便坐上轎車駕駛席打開引擎，駕輕就熟地開車離去。

「啊啊，嚇死我了……果然不該做這種不習慣的事。」

惠太終於從緊張狀態中解放，舒了一口氣。

忽然，少女走到他身旁低下頭。

「謝謝你救了我。」

「不客氣——妳還好吧？剛才那人還挺可怕的。」

「沒事，我和剛才那人認識。」

「是這樣啊。」

儘管有些在意兩人之間的關係，但還是少對外人的事插嘴為妙。

既然危機已去，我就繼續尋找雪兔吧。

「那麼我還有事，就先走了——」

「啊、請稍等一下！」

「嗯？」

「若不嫌棄的話，請收下這個，當作是我的一點心意。」

「這是……」

她遞出一個塑膠袋。

裡頭放的竟然是雪兔大福。

還恰巧是三個尋覓已久的限定抹茶口味，好不容易邂逅的感動使惠太目不轉睛地盯著袋裡看。

「咦？莫非你討厭這個？」

「不，我找這個找得好苦。這一帶的店家都賣光了。」

「那麼正好呢。」

「我真的能收下嗎？」

「當然可以，我家裡還有很多庫存。」

「很多庫存？妳說雪兔大福？」

「嗯？一般家庭的冷凍庫不是都擠滿整群雪兔大福嗎？」

「我可不知道有這回事……」

至少浦島家冰箱裡並沒有一大群雪兔。

總之，跑腿任務就此完成。

用這種意想不到的方式取得目標物的惠太，向少女表達心中感謝之意並道別後，便急忙跑回同學所在的自家。

◆

量尺寸第二回合開始三十分鐘後。

澪依舊穿著水藍色內衣，坐倒在地板上筋疲力盡。

「沒想到真的會把全身尺寸都量一遍……」

「呵呵，辛苦妳了。」

同樣身穿內衣的絢花笑著慰勞說，不過澪現在連回話的精力都沒了。

儘管全身都被量過一遍，整個人疲憊不勘的，但總不能一直維持這副模樣，於是便扶著一旁的床鋪站起身來。

「我可以穿回衣服了嗎？」

「是啊——他那邊似乎正陷入苦戰，我想是時候了。」

「嗯？是時候？」

澪聽了感到難以理解，一轉頭，沒想到絢花就站在眼前，她伸手輕輕撫過澪的臉頰。

這位金髮少女正對著澪，嘴脣緩緩地張開——

「我就趁礙事者回來之前，先享用今天的主餐吧。」

「……咦？」

下個瞬間，澪倒在床上。

正確來說是她肩膀被絢花推了一下，順勢倒在床上。

惠太的床非常柔軟，簡直蓬鬆到澪平時睡的地鋪無法與之相比，但現在不是被這張看似昂貴的床鋪給迷住的時候。

該在意的不是床鋪，而是騎在自己身上，拿手上捲尺充當手銬綁住自己手的學姊。

「北、北條學姊……？這麼做也是要量尺寸嗎……？」

「量尺寸已經結束了，接下來是我個人享樂的時間。」

內衣女孩
任你擺布
尖端出版
www.spp.com.tw
© Tomo Hanama 2022
Illustration: sune
KADOKAWA CORPORATION

這樣的未來，恐怕沒人能夠料想到。

「啊，妳放心，我不是毫無節操地見一個愛一個，我只對澪同學這樣的可愛女生有興趣。」

「這句話哪來讓人放心的要素……」

「我想妳可能不清楚，和女生做其實還不壞喔？」

「北、北條學姊……？」

「啊啊，真的好可愛……恰到好處的豐滿胸部、白白淨淨的腹部、小巧的臀部……全部……全部都符合我的喜好……」

「呀嗯!?」

絢花的手摸向大腿內側，使澪嚇得發出怪聲。

「等等、學姊，妳在摸哪……!?」

「妳不用害怕，這是妳最重要的初體驗，我絕對不會弄痛妳的，放心交給我，我一定會讓妳舒服到昇天♡」

「妳、妳的意思是……」

「我們都是女生嘛，哪邊特別敏感這種事，不用去查都能知道。」

「學、學……姊？」

接著她的手摸向澪的胸部。

澪奮力掙扎，卻因為雙手被捲尺給捆住，絢花還騎在身上，根本動彈不得。

仔細一看，絢花臉頰泛著紅潮，很顯然她徹底興奮起來了。

雙方都穿著內衣，幾乎是以裸體狀態貼著彼此的身體，使得澪的雙頰也跟著發燙。

即使對方是女孩子——不，正因為是女孩子才反倒令她心跳加速。

「嗳，澪同學，我能親妳嗎？」

「咦……？」

「難道妳連接吻也是第一次？沒問題，我會溫柔地教導妳——」

學姊朦朧地微笑著，並以甜美到讓人溶化的語調說：

「我們一起，打開新世界的門扉吧？」

絢花將手伸向澪的臉頰。

而她惹人憐愛的唇瓣，微微張開逼近。

若不阻止她，要不了多久初吻就會被她奪走。

「不行…………」

無意識下，表達拒絕的話語脫口而出。

即便無法想像自己未來會與誰交往，不過自己的第一次，只想給喜歡的人，凡是女生都會抱持此般淡淡的憧憬，就連澪也不例外——

「浦、浦島同學——!!」

就在澪緊閉雙眼，呼喊腦中浮現的那個人時。

「水野同學!?」

房門驟然打開，方才她呼喊的人物衝入房裡。

兩名少女驚訝地將視線集中在他身上，而手持塑膠袋的惠太確認現場情形後，手按額頭說：

「啊……果然變這樣了……」

「我們正漸入佳境的說……你比我想像中還早回來呢……」

正當澪為救兵趕到而鬆一口氣時，瞥向惠太的絢花卻再次將視線轉回澪身上，打算從頭來過。

「算了，我就算有觀眾在也無所謂喔?」

「不是這個問題吧!?」

打算繼續愛愛的絢花，和扭捏著身體拚命掙脫的澪。

惠太則在這兩名女生旁，興味盎然地細細觀察。

「嗯……只要是穿著內衣，看著女孩子纏綿似乎也不壞……」

「拜託你別說傻話了快來救我啊！」

「我也想這麼做啊……」

惠太尷尬地別開視線，含糊其辭地說著。

澪看著他的反應，腦中自然浮現起大大的問號，隨後立刻察覺到原因並「啊!?」的叫出聲來。

現在自己還處於穿著內衣的性感姿態。

而且胸罩肩帶還偷偷被絢花解開，使她現在的模樣可說是福利滿點，差一點點就會被看到最重要的部分了。

「啊……啊啊啊……」

這樣的情感應該要如何形容？

前所未有的羞恥情感簡直快把她的心靈燃燒殆盡。

被異性看到如此丟人模樣的精神傷害，促使澪發出這一生中從未有過的高分貝悲鳴。

幾分鐘後，澪終於穿上衣服，坐在沙發上縮成一團。

惠太把冰放進冷凍庫後，坐在她的身旁雙手抱胸，而在他眼前的，是同樣穿上衣服，跪坐在房間地板上的絢花。

「絢花妳也真是的……不論妳再怎麼喜歡水野同學，也不能硬是把人家推倒啊？」

「是……」

絢花垂頭喪氣的，宛如一隻被責罵的小狗。

她維持跪坐的狀態，抬眼看向澪。

「澪同學，對不起喔。我實在忍不住想跟美少女親親的慾望。」

「總之，學姊以後注意別再犯就好。」

絢花的本性確實令澪大受衝擊，她作夢也沒想到自己會被女孩子推倒，然而後續發生的事，對她來說卻成了衝擊更勝數倍的心理陰影——

「比起那件事，被浦島同學看到的打擊反而更大……」

「我只能說真的是非常感謝。」

「我這麼說並不是想要你道謝……不過，我才要謝謝你回來救我。」

惠太是聽見澪的悲鳴才闖入房裡。

他並不是故意偷窺，澪的個性也沒有差勁到因此譴責他。

最後說教告一段落，絢花站起身遞給惠太一張紙。

「來，這是澪同學的尺寸資料。」

「哦——這還真是……」

「是說，這樣真的很難為情……」

即便沒量體重，但身體數據給異性看到，就如同裸體被盯著看，叫人靜不下心。

「哪有什麼好害羞的，澪同學的身體可是羨煞所有女生的極品。」

「謝謝學姊誇獎。」

「如果妳的年輕肉體感到飢渴難耐，隨時都能來找我喔？」

「啊，這就不必了。」

澪面帶笑容秒回她說。

畢竟她和絢花不同，實在沒興趣跟女生做那檔事。

「是說浦島同學，既然你知道北條學姊是如此危險人物，為什麼不先告訴我啊。」

「我不是委婉地提醒過妳了嗎？我問過妳是否要讓絢花量尺寸，離開房間時也給過忠告叫妳小心了。」

「我哪知道那句話是叫我小心學姊。」

「說我是危險人物也太過分了，我只是想跟可愛女生做些色色的事，或是脫掉對方的內褲而已啊。」

「光做這些就夠危險了吧。」

沒想到她是個披著美少女外皮的變態，我甚至認為不應該放她這種人出社會。

「北條學姊，是真的喜歡女生啊。」

「是啊，那當然。我會去做雜誌模特兒，也是因為做這份工作能夠親近可愛女生。」

「未免喜歡過頭了吧。」

「現在澪同學也加入RYUGU了，未來做這邊的工作也會變得更加快樂呢。」

絢花綻放出成熟笑容，並別有意涵地斜眼看向澪說：

「對了澪同學，晚點要不要一起去喝杯茶？」

「我怕不光是只有去喝茶所以不必了。」

總之，以後得小心這個學姊。

我發自內心這麼想。

◇

當天晚上，絢花洗完澡、換上便服後在房間休息。

她趴在床上，拿著手機確認工作行程，忽然想起了白天發生的事。

「今天澪同學真的好可愛喔。」

被高年級女生推倒，露出嬌羞模樣的學妹實在是太棒了。

「有這麼出色的學妹，還是投我所好的美少女加入，真是叫人開心。」

期待已久的新成員。

還是位市場需求超高的D罩杯女生。

就內衣品牌來說，能增加內衣試穿員確實是值得高興的事。

「我倒是開心過頭，不小心講起往事了……」

絢花想到這，便起身下床。

她打開抽屜，從整齊擺放好的收藏品中，拿出一件小小的純白內褲。

那是兒時玩伴在她小時候送的禮物，對她來說意義非凡。

即使現在長大穿不下了，她依舊珍惜這個寶物。

「我怎麼可能說得出口……想變可愛的真正理由，竟然是為了讓喜歡的男生注意到我……」

儘管絢花最喜歡女生，但她並沒有將異性排除在戀愛對象之外。

追著美少女跑，其實就像是甜點是裝第二個胃一樣。

自幼便藏於心中的初戀，現在仍在進行中。

◆

星期一午休，澪坐在被服準備室椅子上，看著惠太帶來的雜誌。

「真的登在雜誌上耶……」

身穿兔耳女僕裝的絢花，出現在她打開的那一頁上。

她在滿是撲克牌士兵和兔子玩偶的奇幻布景中看向鏡頭微笑，那模樣十分可愛，彷彿全身閃閃發光。

「這就是職業模特兒……跟平時的氛圍截然不同呢……」

「畢竟絢花穿什麼都很好看嘛。」

就坐在旁邊椅子的惠太說法，這個雜誌是以「美少女X一點點非日常」為賣點的小眾雜誌。絢花平時多半是接時尚雜誌的工作，這次僅僅是覺得有趣才接下這個案子。

「這麼可愛的人竟然喜歡女生啊……」

「絢花最喜歡可愛女生了，而且她其實對外表很挑，水野同學可以更有自信些。」

「這話聽了真不知道該不該高興……」

即使聽起來算順耳，卻又希望她能多重視內在，這就是複雜的少女心。

「說起來，我們最近一直窩在這個教室裡，這裡能夠擅自使用嗎？雖然我之前一直拿這當更衣室用。」

「這妳不必擔心，我有跟家政科老師取得許可，能夠自由使用這裡。」

「是這樣啊？」

「條件是必須定期打掃這間教室。忙的時候還能趁午休過來工作，說實話真是幫了大忙。」

「所以那時你才會把平板忘在這啊。」

就在我提起這件事時，忽然傳來了「嗡嗡嗡」的震動聲，接著惠太從褲子口袋中取出手機。

「哦，公司代表寫信給我。」

「代表，是指RYUGU的社長嗎？」

「對啊，內容是關於RYUGU的下一個作品。說是想添增大尺碼的內衣商品，叫我新作用巨乳女生為形象進行設計。」

「又要開始新的工作啊。」

「是啊……」

「奇怪？怎麼浦島同學看起來沒什麼興趣？」

他聽了這句話，便尷尬地搔了搔臉頰說：

「其實，我不太擅長設計大尺碼胸罩。」

「原來浦島同學也有不擅長的事啊……這麼一提，確實RYUGU的商品幾乎都是A到D罩杯呢。」

「實際上絕大多數人都是集中在這些尺寸，所以就品牌的方針而言並沒有錯。只不過近年胸部大的女生越來越多，大尺碼胸罩的需求自然也跟著水漲船高了。」

「意思是狀況不由得你說不擅長了。」

「就是這麼回事。」

「那麼得趕緊著手設計呢。」

「若是這麼簡單我就不必發愁了……」

惠太露出憂愁表情嘆道。

他平時總是積極進取，看來是真的不擅長設計大尺碼胸罩。

「況且這次也沒辦法找絢花跟水野同學幫忙啊……」

「畢竟我也沒有大到那種程度嘛。」

「不知道哪能找到願意擔任模特兒的巨乳女生啊。如果大奶女生穿著內衣擺出女豹姿勢的話，我肯定能得到不錯的靈感。」

「這怎麼聽都是浦島同學的個人興趣吧？」

他的言論還是一如往常的差勁，只可惜事關工作，我也沒法無視他。

「說到底的，到底怎樣才算是巨乳啊？」

「這沒有個明確規定，不過多半是指F罩杯以上。」

「這樣啊，F罩杯的確像是巨乳的代名詞。」

「就是這麼回事，水野同學有沒有認識什麼巨乳女生能介紹給我啊。」

「我沒認識這樣的女生，我想應該不太好找吧。」

巨乳女生本來就是少數派了。

要在身邊找出這樣的人更是難上加難。

「胸部大的女生啊……我最近好像在哪聽過類似話題……」

這應該不是多久以前的事，我記得是在答應協助惠太之前發生的……

「啊……」

我探索巨乳相關的記憶，找出了一項吻合的情報。

「說不定真的有喔……F罩杯的女生……」

「咦？真的嗎？」

「之前我有聽真凜講過。」

她之前提起關於胸部尺寸的煩惱時，有一名胸部大的新生出現在話題之中。

我記得她的名字是——

「我記得好像叫長谷川雪菜，是一年級的女生——」

第四章　我受歡迎，怎麼想都是胸部的錯！

惠太從澪那打聽到關於「長谷川雪菜」的消息後，兩人便離開被服準備室，前往教室大樓二樓尋找那聽說是巨乳的學妹。

「她就是傳說中的長谷川同學啊。」

「一眼就認出來了。」

他們根本不必向人打聽，馬上就找到了目標人物。

因為一眼就能看到那名女學生的傲人胸圍。

在走廊上與男學生有說有笑的那名美少女，留著一頭黑色的鮑伯短髮，而她那不像是高中生會有的豐滿胸部，將制服胸口部分整個撐起。

「唔姆……正如傳言一般，的確是難得一見的尺寸。」

「是啊，傳說中的F罩杯的確是名不虛傳。」

惠太和澪的視線全死盯在那女生的胸部上。

甚至可說是除了胸部外，其餘都沒映入眼簾。

「而且她長得好可愛，就連跟她說話的男生也一臉色咪咪的。」

「根據吉田同學的說法，她似乎是整個學年的偶像。」

「不過，好奇怪喔……我怎麼覺得在哪看過那女生……」

「這麼巧啊，我也見過她。應該說，我前幾天就在便利商店前遇見過。」

「浦島同學，你認識她啊？」

「算是吧。」

該說是認識嗎，總之就是幫了她後從她那收到冰品。

「但是，為什麼呀……？那女生的胸部，似乎哪裡不對勁……」

「不對勁？」

「嗯……我有點難以形容……」

這感覺簡直是如鯁在喉。

惠太身為內衣設計師的直覺感受到某種事物，儘管沒有證據，總之就是覺得怪不對勁的。

（為什麼我會如此在意啊……？）

終於找到了傳說中的F罩杯學妹。

實際見到本人後，發現她的胸部確實有著強大戰鬥力，狀況應該是值得慶幸才對。

然而，惠太卻難以抹去這股些許的不協調感——

「浦島同學！」

「……咦？」

當惠太聽見澪的聲音回神時，雪菜已經出現在眼前了。

在他沉思的期間，學妹已經結束對話走向這裡。

他沒有察覺到對方接近，再加上兩人正好躲在走廊角落，也就是樓梯和通路的交叉點——

毫不知情的學妹直接轉彎，使得惠太和雪菜迎面撞上。

「嗚哇!?」

「呀!?」

她肯定也沒想到角落站了一個人。

雪菜就這麼跌了一跤，還將那位立定不動的男生推倒在地——

在惠太背後撞到地板時，她那兩顆豐碩的果實，正好使勁地壓在惠太腹部。

「這……!?」

從沒體驗過的未知觸感令惠太不禁喊出聲來。

他將視線轉向下方，確認夾在他和學妹之間的碩大乳房。

（這分量究竟是……!?）

毫不誇大地說，這對隆起的物體已經超越了人智。

惠太為這明顯是世界級的巨乳所震撼。

「好痛……咦、啊!?」

雪菜回過神來便急忙離開惠太。

她站起來，臉色鐵青地看著成了自己墊背的男生。

「那、那個……對不起！」

或許因為胸部壓在男生身上而感到丟臉，學妹羞紅著臉下樓梯離開了。

而惠太仍倒在地上，遲遲沒有起身，澪便趕緊到他身旁關心。

「浦島同學，你沒事吧？」

「…………」

「……浦島同學？」

澪再次向他搭話，惠太才終於抬起上半身，茫然地看向雪菜離去的方向碎唸：

「那女生的胸部，究竟是怎麼回事……」

「啊啊，確實是很大呢，不愧是傳說中的F罩杯。」

「……不對。」

「咦？」

「長谷川同學，才不是什麼F罩杯……」

那質感並不是F罩杯。

她的乳房柔軟且富有彈性，光是這樣就已經堪稱極品了，但她胸部的本質並非如此。

最值得一提的，是那充滿暴力的質量。

腹部所感受到的重量感，早已超越了F罩杯。

那是由於絕對數過少，在被稱為巨乳的女生當中，也只有一小撮人得以到達的奇蹟尺寸——

「長谷川同學的胸圍——是G罩杯！」

隨後，惠太和澪回到準備室，神情凝重地面對面坐了下來。

「G罩杯，真的有這麼厲害嗎？」

「是啊，根據某內衣公司的問卷調查，G罩杯的女性只占所有女性的2%左右。」

「2%……」

「當然，這數字是包含了成人女性而得來的數字，若是侷限在高中女生的話，數量則會更少。」

「原來真這麼稀有啊。」

大概就是一百人中只有一兩人的程度。

儘管雜誌上經常能看見巨乳女生，在自己身邊卻難以見到，說到底的，這世上本來就沒有這麼多巨乳。

「就算她再怎麼大，你的反應也未免太誇張了吧……」

「啊啊，那是因為長谷川同學她穿著小一號的胸罩。」

「咦？是這樣嗎？」

「不會錯的，只要是內衣相關的事，通通都逃不過我的法眼。」

「畢竟浦島同學也猜對過我的尺寸嘛。」

澪已經親身體驗過惠太的檢測能力，所以輕易地接受他的說詞。

「我想長谷川同學是刻意把自己的胸部給隱藏起來。」

「她為什麼要這樣做啊？」

「這個嘛，理由我大概想像得到。」

話題稍微走偏了。

於是惠太硬把談話內容拉回。

「總之，長谷川同學確實是難得一見的人才。只要有她協助，我應該就有辦法做出更棒的內衣。」

「意思是接下來要去挖角長谷川同學？」

「是啊，等放學後再去找她談。」

於是放學後，惠太馬上把雪菜找了出來。

突然跑進教室肯定會造成人家困擾，於是他選擇了較為古典的方法。

事前調查已經查明她在哪個班級，所以惠太趁午休時間寫了封「有重要的事想談」的信，然後放進她的鞋櫃。

接著放學後，惠太到信中指定的中庭等待，沒多久，迎風搖曳著裙擺的黑髮學妹現身了。

「啊，你是中午的……」

她似乎感到相當意外。

惠太則和善地對驚訝的學妹搭話。

「嗨，不好意思突然把妳找出來。」

「不會……對不起，中午不小心撞到你。」

「沒關係，我自己也不小心。」

「請問……你是不是之前在便利商店幫助我的那個人？」

「我是二年級的浦島惠太，當時受妳關照了。」

「我是一年級的長谷川雪菜，受關照的應該是我才對。原來我們念同所學校啊。」

或許是因為見過對方緩和了緊張，雪菜解除警戒微笑說。

「請問，你找我有什麼事呢……」

「啊啊，其實我有話想跟長谷川同學講。」

我不是來這跟她閒話家常的。

而是來與她交涉，請她助我一臂之力。

惠太以嚴肅的神情，將藏於心中的熾熱決意，正面對她傾出。

「我迷上了長谷川同學那如哈密瓜般水靈靈的胸部！那對豐滿的乳房正是我尋覓已久的事物，希望妳能脫去上衣讓我看妳的乳溝！」

「…………」

霎時間，學妹表情整個呆掉了。

那表情彷彿在說著，這人到底在胡說什麼。

「呃……」

學妹臉上浮現出了顯而易見的不悅與警戒。

眼前這人突然要求自己露出胸部，會做出這種反應也是理所當然。

「對不起，這種事請你去找其他人做。」

雪菜態度瞬間轉為強硬，打算馬上離開，可是惠太並沒有放棄。

「請等一下！請讓我從頭跟妳說明清楚！」

「還有什麼事嗎……？」

「其實，我是內衣設計師。」

「內衣設計師？」

「這是我的名片。」

惠太從制服口袋取出事先準備好的名片遞給雪菜。

「……ＲＹＵＧＵＵ・ＪＥＷＥＬ」

「經常有人弄錯，這是唸ＲＹＵＧＵ。」

「是喔……」

雪菜看完名片後，再次將視線轉到惠太身上。

「所以呢？內衣設計師找我有什麼事？」

「其實是這樣的，基於某些原因，我正在找願意協助我製作內衣的巨乳模特兒，所以我才會找上長谷川同學。」

隨後，惠太熱情洋溢地講述了她擁有著多麼出色的胸部。

他動用了所有自己學過的華麗辭藻，來讚美雪菜的乳房。

這一切都是為了做出理想的大尺碼胸罩。

於是他使出渾身解數來拉攏長谷川雪菜。

「就是這麼回事，能拜託妳當內衣模特兒嗎？」

「我拒絕。」

「秒答!?」

她的答覆，是比雪還要冰冷的「ＮＯ」。

「為什麼我要給學長看自己的內衣?根本莫名其妙，要說夢話等你睡著後再講吧。」

就這麼，與雪菜的交涉以失敗告終，她掛著冷漠表情走回校舍，不論惠太如何呼喊，她都不理不睬。

◇

隔天午休，惠太和澪提著便當到準備室開反省大會。

「嗯，總之她就直接拒絕我了。」

「那還用說。」

「當我要求她露出胸部時，她的眼神變得超級冷漠。」

「你這不是廢話。你說服我的時候也是一樣，就算想挖腳也好歹注意一下說話方式吧，突然被男生要求脫衣服可是很恐怖的好嗎。」

「我會反省的……」

前被害者的話語刺得耳朵好痛，以後真的得好好留意用詞。

「那麼下次我會好好審視這個部分再去挑戰。」

「浦島同學，你真的是不會氣餒耶。」

「哼，要是放棄，內衣製作就結束了。」

「是是，你說得對。」

澪隨口打發我的話，並以優美的動作將「食物」送入口中。

此時惠太將視線轉向同學桌上放的便當。

「我從剛才就很在意……水野同學的便當菜色，還真是獨樹一格啊。」

會這麼說，是因為她的便當有一半是撒上黑芝麻的白米。

而另一半，則是清一色由豆芽菜所組成。

一提到便當，澪就一臉得意地說：

「不瞞你說，這是『豆芽菜天堂便當』。」

「豆芽菜天堂便當？」

「這是人類性價比最強的便當。豆芽菜可以用奶油拌炒，做成清爽的涼拌配菜，是料理方式極為豐富的萬能食材。重點是還很便宜，在發薪日前手頭較緊的時候，也是豆芽菜表現的大好機會。」

「這樣啊，仔細一看豆芽菜的顏色還不太一樣。」

看來是料理方式不同。

同樣都是豆芽菜，味道似乎不太一樣。

「順便一提，調成辣味的話就會變成『豆芽菜地獄便當』。」

「這名字聽起來好強大啊，妳便當都是自己做的？」

「媽媽很久之前就離開家裡了，煮飯都是由我負責。」

「……這樣啊。」

雖然先前有聽她講過，看來水野家也是有不少苦衷。

不過光吃豆芽菜，實在讓人擔心她營養會不均衡。

「我的肉丸一顆分妳如何？」

「可以嗎？」

「嗯，反正有兩顆。」

惠太將便當的肉丸放在便當蓋上，澪便開心地將它塞入口中。

她細嚼慢嚥吞下後說出感言：

「這調味得好好吃喔。」

「這是姬咲費了不少功夫做出來的。」

「妳妹妹原來這麼會煮飯啊。」

「是啊，真是個能幹的妹妹。」

「下次我也做些東西回禮吧。」

「我會好好期待的。」

多虧妹妹做的肉丸，我和水野同學感情似乎稍微變好了。

「若是可以的話，能拜託妳幫我勸說長谷川同學嗎……」

「這還是請你自己努力吧。」

「我想也是──」

內衣設計本來就是我自己的工作，澪光是打工和家事就忙了，不能再給她增添負擔。

看來挖角的事只能靠我自己想辦法。

之後惠太再次挑戰勸說雪菜。

他試著像挖角澪那時一樣在樓梯口等她，在校園內見到她時便友善地向她攀談，有時甚至直接殺進她的教室。

結果卻是慘敗。每當他嘗試勸說，便會被雪菜犀利的毒舌所擊退。

那怕是不知放棄為何物的惠太，也被她罵到快要精神崩潰了。

「就沒有什麼辦法能夠親近長谷川同學嗎……」

若要比喻的話，她就像是隻怕生的貓。

她隨時提高警覺，只要有人接近想搞好關係，她就會再次拉開數倍的距離。

「最近她總是防著我，幾乎碰不到她了……」

最近她甚至掌握了我的行動模式，總是能夠避開我。

如今光是要找她說話就得費上不少功夫。

打從初次交涉已經過了數天，午休時間，惠太一邊自言自語，一邊獨自漫步在校園裡。

不知為何，他右手拿了個五公斤的啞鈴。

「被老師叫去跑腿倒是沒關係，不過學校怎麼會有這種玩意啊……」

就在他為尋找學妹而四處溜搭時，碰巧被體育老師逮到，那一整年都穿著運動服、身材纖瘦且精壯的老師把這東西交給他說：「不好意思，幫我把這放回體育倉庫」。

惠太加緊腳步，打算快點把這沉重的東西還回去。

他走到鞋櫃換回自己的鞋子，接著朝單獨蓋在操場一隅的體育倉庫前進。

「咦……？怎麼門是開的……太不小心了吧……」

惠太占在倉庫前，發現金屬拉門微開著。

他心想大概是上個進來的人忘記關門了，然後走進倉庫。

倉庫裡十分灰暗，裡頭只有一扇設在牆壁高處的小窗戶。

「這東西是要放哪啊……」

正當他在這昏暗又略帶灰塵異味的空間尋找置物架時。

「——咦、浦島學長？」

「嗯？」

他朝聲音出處看去，沒想到是某位認識的女學生。

「咦？長谷川同學？」

她就在隨地擺放的跳箱前。

那個用體育坐姿坐在看似堅硬的體育墊上吃著便當的不是別人，正是黑髮巨乳美少女——長谷川雪菜。

學妹停下筷子，緊張地瞪著這邊。

「為、為什麼浦島學長會在這裡……？」

「我是被老師叫來跑腿……長谷川同學才是，妳怎麼會在這吃便當？」

當我提出這個理所當然的疑問時，學妹忽然滿臉通紅。

「這、這不是你想的那樣……！」

「咦？」

「我才不是因為沒朋友才不想待在教室，也不是討厭男生動不動接近我所以跑來這裡一個人吃飯，絕對沒有這種事!!」

「呃、哦……」

她氣勢洶洶地說道。

那張可愛臉蛋瞬間漲紅，一口氣快速說完這段話的模樣，簡直像頭飢餓的猛獸。

她八成不是因為空腹才會如此激動，而且剛才那段話根本是在自白「我沒朋友不想待在教室才會來這自己吃飯」。

「呃、那個……」

「……啊。」

此時她終於發現自己犯下的失誤。

兩人陷入一片尷尬的沉默，接著惠太戰戰兢兢地打破寂靜：

「莫非長谷川同學，沒有朋友？」

「嗚……」

問題直接切中核心，雪菜聽了明顯產生動搖。

這名學妹緊咬下脣、肩膀發抖，整個人像是差點哭了出來——

縱使她不回答，這反應已經傾訴了一切。

◇

「就是這麼回事，所以我讓長谷川同學在午休時間使用這裡。」

「打、打擾各位了……」

隔天中午，惠太在被服準備室介紹雪菜給澪和絢花認識。

惠太得知學妹的祕密後，覺得她這樣實在有點可憐，於是向澪她們說明情況，並提供雪菜一個能放鬆吃便當的場所。

「我是二年級的水野澪，請多指教。」

「我是北條絢花，是惠太的兒時玩伴，別看我這樣，其實是三年級喔。」

「我是一年級的長谷川雪菜，還請多多指教。」

澪她們坐在位子上向雪菜打招呼。

三位美少女齊聚一堂的畫面的確是光彩奪目。

「哼——？妳就是新來的模特兒候補啊……」

「怎、怎麼了嗎……？」

絢花上下打量著雪菜，最後豎起大拇指。

「太完美了，合格。若是要為我的後宮添增更多美少女，我當然非常歡迎。」

「我可不是為了絢花才挖她當模特兒啊？」

再說下去只怕事情變得更加複雜，於是惠太無視金髮兒時玩伴對雪菜說：

「午休時間我們幾個多半會來這裡，若是沒人在妳也可以自由使用。」

「知道了……那個，謝謝學長。」

「沒關係，我們也是多虧了老師的好意才能使用這間教室。」

「是這樣啊。」

雪菜露出微笑，接著又變回凶狠的神情。

「啊，我醜話先說在前面，我不會因此協助你製作內衣。」

「目前先這樣沒關係。」

這與先前相比已經是非常大的進步了，模特兒的事只要未來慢慢說服她就好。

「那麼，長谷川同學坐在絢花旁邊好嗎？」

「好的，沒問題。」

惠太等學妹就位後才坐下，坐在對面的絢花則開心地說：

「人突然就變這麼多呢。」

「既然人數增加，說不定創個社團也不錯。」

「就算要創社團，也不准創內衣社之類的怪社團喔，總覺得浦島同學肯定會這麼做。」

「我覺得光是申請就不會通過就是了……」

四人一邊聊，一邊各自打開便當盒。

前天吃著豆芽菜便當的澪，今天帶了普通的便當。

「不過，為什麼長谷川同學會交不到朋友啊？」

「咦咦……浦島學長，你怎麼偏偏問這個？」

「入學沒多久的學妹獨自跑去體育倉庫吃飯，我當然會在意啊。」

「我覺得你們聽完肯定會覺得很無聊就是了……」

雪菜說來說去，最後還是解釋起原委。

「浦島學長可能不清楚，其實女生在各方面都很麻煩。」

「麻煩？」

「其實，我從入學後就被好幾個男生告白過……」

「我知道妳被當成偶像，沒想到真的這麼多人追啊。」

「不過我都拒絕了，其實我一開始也以為浦島學長找我出來是要告白。只是班上女生們看到男生不斷奉承我，似乎感到不是滋味……」

「原來如此，她們覺得妳太囂張了對吧。」

「啊——我懂，女生確實會這樣。」

絢花和澪聽完學妹的話後紛紛表示認同。

惠太這個男生只覺得女生世界真叫人難以理解，但聽起來的確很麻煩。

「所以妳才跑到倉庫當邊緣人啊。」

「拜託別講什麼邊緣人。我也試著去交過朋友，結果，靠過來的都是男生……我其實不太喜歡男生……」

「可是長谷川同學，妳之前不是跟男生有說有笑的嗎？」

「我那只是裝乖而已，在心中不知道咂了多少次嘴。」

「妳可真是誠實啊。」

誠實到這種程度反而令人感到清爽。

「而且，如果我對男生擺出不悅的態度，怕是會比現在更沒容身之處……」

「這的確不難想像。」

「況且就其他女生的角度來看，肯定會覺得妳跩過頭了。」

顧此失彼，人際關係真是難搞又麻煩。

「說真的，到底要怎樣才能交到朋友啊……」

「這問題確實還挺麻煩的。」

「倒是浦島學長有朋友嗎？」

「有啊，一個叫瀨戶秋彥的帥哥。」

「啊啊，那個人啊。班上女生們一直吵著說他很帥。」

秋彥可真受女生歡迎，連一年級都知道他的名字。

「順帶一提，這邊這位水野同學，在班上可是有兩個朋友。」

「兩個朋友!?太、太厲害了……」

「我覺得並沒有什麼厲害的就是了……」

被學妹用仰慕的眼神看著，似乎讓澪感到困擾。

「水野學姊，妳是怎麼跟她們感情變好的？」

「這個嘛……一年級時我們就在同一班，碰巧我們幾個都喜歡《帥喜歡》這部漫畫，聊著聊著就變好朋友了。」

「啊，帥喜歡的話我也看過。」

「我也看過，那本漫畫真的很受歡迎。」

絢花和雪菜聽了漫畫標題後也跟著附和說。

帥喜歡——全名為《只要長得帥，即使是變態你也喜歡嗎？》，是廣受年輕女性好評的人氣少女漫畫，這本書最驚人的設定，就是裡頭出現的男性角色都擁有某種特殊性癖，讓讀者們看了都覺得「稍微有點變態才好啊♡」而人氣爆紅。

總發行集數超過十集，是知名度極高的人氣作品。

「果然要有共通話題才容易交到朋友啊。」

「是啊，畢竟這樣就不缺聊天話題。」

「原、原來如此……受教了。」

女生們圍著桌子熱烈討論。

惠太停下筷子，以帶著暖意的眼神看著她們三人。

（就我來看，她們三個已經算是朋友了。）

本以為擁有犀利毒舌的雪菜加入會有什麼問題，看來就算她正式成為我們的一員也能好好相處。

一群人就這麼熱熱鬧鬧地吃著午餐，並簡單介紹自己的事。

結果所有人不知不覺就用完餐，開始閒聊起來。

聊到一半，坐在惠太身旁的澪忽然想起某件事，於是拿來當話題。

「說起來昨天啊，公寓的熱水器忽然壞掉，真的是傷腦筋呢。」

「哎呀，那的確是傷腦筋。」

「那水野同學妳怎麼洗澡啊？」

「只能隨便沖個冷水澡啊。」

「咦咦……這樣會感冒吧？」

澪狂野過頭的回答使雪菜不禁打顫。

「我們打電話給房東了，說師傅明天才會來修理，所以我今天應該會去澡堂洗澡。」

「啊，那我這裡有好東西喔。」

絢花說完便從包包拿出某張票券。

「登登——！超級錢湯的優惠卷！」

「「優惠卷？」」

「這是最近剛開幕的時尚澡堂，只要用這個，就能讓最多四人用半價入浴喔。」

「好划算喔。」

對學生而言，一半的澡堂費用也是筆不小的數字。

「是工作認識的人送我的，一個人也不方便去，要不要趁這機會大家一起去呢？」

「能省錢真是幫了大忙，太感謝妳了。」

一提到能夠省錢，澪便開心地表達感謝之意。

反倒是雪菜低頭露出陰沉表情，看似意願不高。

「澡堂啊……」

「這並不是強制的，不過我個人希望雪菜同學能一起去。」

「……好吧，反正我沒有其他事。」

不清楚絢花本性的學妹表示願意同行。

跟這擁有百合屬性的金髮少女一起洗澡完全是自尋死路，本來我應該介入制止她，但這次有瞭解內情的澪在，應該沒有問題吧。

「那我們先交換一下聯絡方式吧。」

絢花提議道，接著女生便拿起手機開始交換聯絡方式。

交換完畢後，雪菜站起身走到惠太旁邊。

「那個……如果不嫌棄的話，浦島學長也……」

「我也可以嗎？」

「相對的，你可不要傳些奇怪的訊息給我喔？」

「那當然。」

繼一起吃午餐後，又大大向前跨了一步，這下終於不用為尋找學妹在校內徘徊了。

「放學後大家先回家一趟，等拿完換洗衣物再集合。」

◆

當天傍晚，澪、絢花、雪菜三人浸在錢湯浴池裡。

「浦島同學沒辦法一起來真是可惜。」

「他似乎接到修改指示，也沒辦法。」

「原來浦島學長真的是設計師啊。」

一小時前，澪回到家做洗澡準備時，忽然接到惠太的訊息。

還附帶說不必介意他，要大家好好享受澡堂，於是澪換上便服，依照約定與絢花她們會合並前往澡堂。

「話說回來，澪同學的肌膚真的好漂亮。」

「是嗎？」

「年輕人就是不一樣。」

「我們也只差一歲吧，況且單論外觀，學姊看起來還比我年輕呢。」

附帶一提，絢花的肌膚也細緻到不輸給澪。

她不只臉蛋小巧、身體曲線美麗，還附帶了金髮碧眼的加成效果，即使身在澡堂也相當吸睛，不愧是職業模特兒。

「啊，雪菜同學當然也很漂亮喔。」

「謝、謝謝誇獎……」

「皮膚白皙，還柔嫩得恰到好處，簡直可愛到讓我想一口吃掉。」

「咦……」

「長谷川同學妳小心點，北條學姊可是男女通吃。」

「是這樣嗎!?」

雪菜為這衝擊性事實大吃一驚，並默默和絢花拉開距離。

「不必那麼防著我啦，我不會在眾目睽睽之下對妳出手。」

「意思是沒人在妳就會出手啊……」

被絢花發言嚇得瑟瑟發抖的學妹躲在澪背後說。

「哎呀，好像玩笑開過頭了。」

「北條學姊，拜託妳不要捉弄學妹啦。」

「好——」

絢花聽了澪的指責後雖老老實實反省——

「唔姆……澪同學和雪菜同學搭在一起也不壞啊……學妹羞澀的模樣反倒是刺激了我的種種妄想，真叫人興奮啊……哈啊哈啊……」

「北條學姊，我才剛說完妳又開始喘個不停了。」

看起來完全就是個危險人物。

真希望她別在公眾場合興奮喘氣。

「啊、慢著?尊貴到我忍不住流鼻血了……真可惜，這樣下去怕是會無法把持理智，我先出去了。」

看來兩位美少女的裸體對絢花來說過度刺激，於是她捏著鼻子起身離開了。

雪菜則眼睛瞇成一線看著這位學姊碎唸：

「原來北條學姊是這麼一個變態啊……」

「嗯，就是說啊。」

純論變態程度，她甚至是足以超越惠太的奇才。

（話說回來……）

和學妹獨處的澪，不禁偷偷看向雪菜的胸口。

（這麼仔細一看，真的是十分驚人啊……）

乳溝深度完全不是自己能夠相提並論的。

那形狀美麗的傲人胸圍，展現出與纖瘦的絢花迥然不同的女人味。

「水野學姊，妳也有協助浦島學長的工作嗎？」

「是啊，我是最近才剛加入的。」

「妳不會排斥讓男生看到內衣嗎？」

「當然排斥，肌膚被看到真的是很害羞。」

「那麼，為什麼妳還願意幫忙？」

「嗯……其中有不少理由……但最重要的，是我被浦島同學所拯救了。」

惠太為了澪製作出可愛的內衣。

自己恥於向他人求助的內衣尺寸煩惱，他也一併解決了。

他說那只是內衣設計師的分內工作，但被他拯救仍是事實，而且澪是真心為他的溫柔體貼感到高興。

「他雖然變態，但是人並不壞，只要事關工作他就會非常認真，就這層面來說很值得信賴。我喜歡浦島同學做的內衣，希望能多少幫上他的忙，才會決定協助他。」

「原來是這樣啊……」

「不過這純屬我個人意見。長谷川同學若是不喜歡就應該直接拒絕。畢竟是浦島同學整天說些奇怪的話，還要女生穿內衣給他看。」

「……說得也是。」

雪菜聽完澪的話不禁微笑。

「關於協助浦島學長的事，我會再思考看看。」

她給出一個模稜兩可的曖昧答覆。

即便如此，光是願意考慮就已經算是不錯的收穫了。

至於最後她接不接受，就全看惠太努力吧。

◇

隔天一早，工作到深夜的惠太到校時，澪已經在教室裡了。

班上還沒什麼人，真凜和泉也還沒來，於是他向在自己座位玩著手機的澪打招呼。

「早安，水野同學。」

「啊啊，浦島同學早。工作還順利嗎？」

「沒問題，我都解決了。倒是澡堂那邊如何呢？」

「非常愉快喔，那裡浴池寬敞到我嚇了一跳，另外北條學姊興奮到差點噴鼻血。」

「完全能想像那個畫面……」

畢竟有兩個超高水準的美少女在，肯定是十分養眼。

「長谷川同學的狀況如何？」

「沒什麼問題，我們邊泡澡邊聊，感情變挺好的。」

「這樣啊。」

看來她們相處融洽，這下我才放心。

「啊、不過……」

「嗯？發生什麼事嗎？」

「也不是什麼大不了的事……長谷川同學她穿內衣時，是先從胸罩開始穿起，我覺得有點罕見。」

「原來如此……」

這段話使惠太心中的假設得到印證。

「雖然早有預料，但這次挖角說不定有點困難。」

「咦？怎麼說？」

「以前某間內衣公司有對女性做『內褲和胸罩，會先穿哪個？』的問卷調查。」

「竟然有這種問卷……」

「結果高達75％的女生會先穿內褲，15％沒特別在意，從胸罩開始穿的人只占一成左右。」

「我也是會先穿內褲。」

「另外，問卷裡還有詢問這麼做的理由，先從胸罩開始穿起的人有寫到『覺得自己的胸部很丟人』。」

「很丟人……？」

澪察覺出這句話的意涵，使她表情蒙上一層陰霾。

「那麼，長谷川同學故意穿小一號胸罩的理由是……」

在講解G罩杯時，惠太刻意沒提及這項真相。

為什麼雪菜會穿著不合身的胸罩，理由正是如此。

胸罩合不合身這種事，當事人肯定最清楚，若不是像澪那樣有家境因素，那剩下的理由就屈指可數。

「我想長谷川同學，是對自己的胸部感到自卑。」

放學後，惠太走出教室，碰巧看到雪菜在二樓連通道上。

「咦，長谷川同學……怎麼旁邊這麼多男生？」

學妹身旁有四個沒見過的男學生，彷彿像螞蟻圍繞著蜜糖一般，將雪菜團團包圍，並熱切地對她說話。

「雪菜，下次足球社要比賽，能來幫我加油嗎？」

「別管他，來看我們樂團的演唱會啦！」

「不不不，雪菜要跟我們聯誼！」

「她怎麼想都只有跟我一起去電影院約會這選項吧！」

根據對話內容推測，他們似乎因長谷川雪菜開啟了戀愛爭奪戰。

四個男生都使盡渾身解數吸引她的注意。

「雖然早有耳聞，不過長谷川同學原來真這麼受歡迎啊，我還是第一次見到這種跟少女漫畫沒兩樣的景象……」

這畫面在現實世界中實在難得一見。

「她現在好像在忙，還是別找她搭話好了。」

我沒興趣干擾別人戀情，正當惠太如此心想打算路過時——

「…………」

他卻看見被男生包圍的學妹表情，不由自主停下腳步。

這是惠太第一次看到，她露出如此困擾的笑容。

那神情看似是在強忍心中怨言，避免惹禍上身……

雪菜之前說過，她在男生面前都會裝乖。

聽過她的真心話後，就能明白這是她硬擠出來的笑容——

「……真沒辦法。」

看了她那樣的表情，實在無法坐視不管。

「啊……不好意思，打擾一下妳們幾個好嗎？」

「咦？浦島學長……？」

惠太為了保護雪菜闖入她們之間，這不禁使她驚訝得瞪大雙眼。

然而正如惠太所料，愛情路受阻的男生們頓時殺氣騰騰。

這些看似平凡的男學生紛紛表明顯而易見的敵意：「你又算哪根蔥？」「沒關係的傢伙閃邊去。」「長谷川同學的胸部是屬於我們的。」

我覺得長谷川同學的胸部就是屬於她自己的，但姑且先不管這個。

「不好意思，長谷川同學先跟我約好了，你們能先讓讓嗎？」

我盡可能選擇了得以息事寧人的說法。

然而，這些話根本無法說服發怒的猛獸——

「你又是雪菜的誰啊？」

「根據回答，我們可能無法放你生路喔？」

「要不是你跑來干擾，我早就能跟雪菜聯誼了。」

「你給我負起責任，幫我去跟她敲定約會的事聽到沒？」

沒想到這些傢伙反倒更加亢奮。

說實話，惠太已經不知道該如何是好了。

（怎麼今年新生都痞痞的？）

外觀看似是普通學生，言行卻跟混混沒兩樣。

畢竟寡不敵眾，他心想只能帶著雪菜逃走了。

就在惠太如此心想時，身旁的雪菜突然抱住他的手。

「咦？等等、長谷川同學!?」

他還來不及做出反應，雪菜便維持這個姿勢對幾個男生說：

「這個人，是我的男朋友。」

「「「咦……？」」」

霎時之間，包括惠太在內的所有男性，彷彿時間被停止下來。

「從今以後，你們不要再纏著我了。」

學年偶像──長谷川雪菜突然投下震撼彈。

男生們聽了她的告白，便「欸欸欸欸!?」地發出絕望嚎叫，在場沒有任何人發現，被說是男朋友的惠太才是最驚訝的這項事實。

◇

自長谷川雪菜發表男友宣言後，浦島惠太的日常生活因此產生劇變。

早上他一打開自己鞋櫃，就會看到裡面放著詛咒信，去趟廁所都會被看似不良的男生圍堵，並以各種手段脅迫他和雪菜分手。

這樣的生活持續了幾天後，在某個平日午休。

惠太和被他叫到準備室的學妹，面對面坐在桌子兩側。

「都怪長谷川同學，我可是被害慘了……」

「討厭啦──惠太學長，直接叫人家名字嘛，我們可是開始交往的恩愛情侶呢♡」

「不不，我們根本沒交往吧。」

「可是大家都覺得我們在交往喔？」

「會變這樣還不是長谷川同學害的。」

惠太不禁嘆了口氣。

「我真的被妳害慘了……聽到傳言的男生蜂擁而至，不停追問我各種問題，我可是好不容易才逃了出來。」

「那可真慘呢。」

「真是的，為什麼我得受這種罪……」

「我也是很困擾啊。開學以來，不論去哪都被男生纏著，還因此被女生討厭……不論再怎麼向我告白，我都不想跟人交往啊……」

「所以妳是想拿我當擋箭牌？」

「對不起囉♪」

「我還是第一次看見這麼沒誠意的謝罪……」

雪菜老實說出心中盤算後，便收起那看了就火大的笑容說：

「我是真心感到抱歉，竟然把學長捲進這種麻煩事裡……」

「長谷川同學……」

「可是多虧學長，男生總算不再纏著我了，所以我並不想分手。」

「喂……」

這女生真的有在反省嗎？

就算她一本正經地道歉我也難以原諒她，我可是代她成為眾矢之的，只有她一個人能逃過那幫臭男生，我實在無法接受。

「說真的，我太小看長谷川同學受歡迎的程度了，不愧是學年偶像。」

「哼，反正他們都只是看上了我的胸部。」

「應該不只吧，長谷川同學不光是胸部大，還長得很可愛才會這麼受歡迎。」

「哼——？惠太學長，原來你覺得我很可愛啊……？」

她雙手抱胸、一臉得意地說道，卻不知為何雙頰泛紅。

「也、也對啦？畢竟我以前當過童星，會可愛也是理所當然。」

「咦、童星？」

「啊……」

看來她是不小心說溜嘴。
雪菜顯露出了「糟糕……」的表情。
「剛才的話拜託當沒聽到。」
「不，那怎麼可能，我都聽得一清二楚了。」
「我想也是……」
我以眼神向她示意「說明清楚」，她便放棄掙扎開始說起：
「其實我上國中前都在當童星。」
「是這樣喔？」
「我是用本名，查一下應該就會出來，我好歹還算頗有人氣。」
「…………真的耶。」
我搜尋長谷川雪菜，就搜到一大票她小時候的照片。
看來她的人氣確實如自己所述，甚至有網站開了關於她的討論串，還整理她的專訪報導。
（怪不得水野同學說好像在哪見過她……）
畢竟她都上過電視，那會覺得似曾相識也不意外。
「啊，這連續劇我也看過。」
「我當時演主角女兒，偶爾會有戲分。」

雪菜演連續劇時大概十歲左右。

那時她頭髮較長，和現在形象差異有點大，所以我才認不出來。

「那妳為什麼不當童星了？」

「我喜歡演戲工作，也拿到不少好角色。」

「就這麼聽起來，妳的星路十分順遂啊。」

「是啊……或許你聽了會覺得很蠢，我是因為對自己的胸部自卑才引退的。」

她以這段告白為開頭，說起她兒時的故事。

「我和身邊小孩相比身體發育較早，上小學高年級後，班上男生就經常拿身體的事取笑我。」

一切的契機，是她發育比身邊的人還早。

「光是這樣也就算了，過沒多久不只是學校的人，就連網路上也只提起我胸部的事……」

周遭目光轉變，使得她自己的想法也跟著改變了。

「就算演連續劇，大家的話題也只會圍繞在我的身體，而不是我的演技……我是真心討厭這樣……」

「這樣啊……所以才……」

小學高年級正值多愁善感的年紀。

這時期的小孩，對身體變化會比其他人更加敏感，被大家以這種自己不期望的方式關注，導致她對身體產生自卑心理。

「胸部大根本沒半點好事……不只重，看起來還顯胖，甚至會侷限能穿的衣服……看中身體的男生還一個接著一個靠過來……」

「呃、哦……」

看來她已經壓抑了很久。

才會不斷用言語宣洩自己的負面情感。

「之前，不是有個人在便利商店和我起爭執嗎？」

「啊啊，那個極具衝擊性的人……」

「她叫柳小姐，是我的前經紀人。我退出演藝圈後，她仍不斷聯絡我，希望我復出。」

「原來是這樣啊……」

我終於理解那人當時為何如此拚命了。

因為雪菜擁有足以讓經紀人期望她復出的才華。

「詳情我明白了，不過我建議妳還是別穿小一號的胸罩喔？那麼美麗的形狀都被壓變形了。」

「要你管……是說，你怎麼知道我穿小一號的胸罩。」

「我光看就大概知道了。」

「變、變態……」

學妹雙手遮掩胸部，還露出至今最冷漠的眼神。

「難得我想協助你了，這不是害我想重新考慮嗎……」

「咦？長谷川同學，妳願意協助我製作內衣嗎？」

「算是吧……」

「那麼，我們就趕緊來量尺寸！」

「慢著、你也太心急了吧！還有那捲尺哪冒出來的!?」

惠太站起身拿起捲尺打算量尺寸，卻被她雙手推了回去。

「要我幫忙有附帶條件。」

「條件？」

「你可是叫女生穿內衣給你看耶？若沒有相當的好處可是划不來。」

「您說得是。」

我的要求是希望她成為內衣模特兒。

若是沒有回報，年輕女生才不可能接受這種不合常理的請求。

「所以長谷川同學的條件是？」

「我的要求有兩個。第一個，你要繼續佯裝我男朋友到風波結束。」

「嗯……」

簡單來說，就是她今後仍需要個方便的驅男護符。

考慮到她的狀況，這提案確實不難理解。

「另一個條件呢？」

惠太問完，雪菜便低頭吐氣，神情僵硬右手按胸。

她露出老鷹般的銳利眼神，說出了自己接受模特兒的代價，也就是左右她命運的重要條件。

「請幫我做一件，能讓胸部變不顯眼的內衣。」

第五章　請問您今天要來點胸罩嗎？

一早，脫去睡衣換上制服時，總會不斷嘆氣。
我站在鏡前，看著與自己身高不相襯的碩大胸部，心情鬱悶到極點。
我是從小學高年級開始介意自己胸部。
當時已經從健康教育課中學到性知識，身邊也有其他女生開始穿胸罩，因此起初我並沒有多在意……
然而要不了多久，胸部就越變越大。
媽媽幫我買的內衣，轉眼間就小到穿不下。
升上六年級時，我的胸部已經比全校任何人都還要大。
我討厭體育課，因為會被男生捉弄，這使我在學校說話次數越來越少。
時時刻刻被異性投注異樣眼光，害我不論到哪都會在意他人的視線。
最令我受傷的，是有人在網路上寫了關於我胸部的事。
隨著拍攝的廣告和連續劇變多，開始處處能看見有人發表「這小學生胸部好大」這類的言論，而不是討論我的演技或工作。
身邊大人都說別看網路不就好了，但就我這當事人來說，光是有人寫出這種言論的事實，就已經令我十分難過。

我逐漸對這與大家不同的身體感到羞愧。

最終心靈被壓垮。

就這麼，雪菜在升上國中時，放棄了最喜歡的演戲工作。

◆

五月迎來中旬的這一天，澪手持書包走往特別教室大樓，她在連通道前正好巧遇絢花。

「哎呀，澪同學妳好。」

「妳好，北條學姊。」

「澪同學也要去準備室？」

「是啊，我要去提交試作品的問卷調查。」

澪和一樣手持書包的學姊並肩開始移動。

兩人走在連通道上，澪忽然開啟某個話題。

「對了，學姊妳有聽說『假男友』的事嗎？」

「有啊，真虧雪菜同學想得出來，竟然找惠太當假戀人來驅趕男生。」

「後來反倒是浦島同學變得太受男生關注，還不斷找我訴苦呢。」

「就算是為了拉攏巨乳模特兒，惠太也真是太辛苦了。」

說著說著，兩人便走到被服準備室。

澪率先打開門，此時惠太已經坐在裡面，拿著平板和觸控筆面向桌子。

不知為何，頭上還套了一件純白內褲。

「…………」

澪靜靜地看著這個畫面，隨後悄悄把門關上，逃避眼前的惡夢。

「澪同學？怎麼了嗎？」

「我好像，看到一個頭戴內褲的變態。」

「啊啊……」

澪一說明情況，絢花就露出明白一切的表情。

「惠太偶爾會那麼做，我是指把內褲套在頭上。」

「竟然還是偶爾這麼做喔……」

「通常是在工作不順遂，或是被逼到絕路時……總之就是偶爾會那樣。」

「就算是偶爾變成變態也很傷腦筋好嗎……」

話雖如此，一直在外頭磨蹭事情也不會有所進展。

於是澪再次打開門，和絢花一同踏進變態棲所。

「惠太，辛苦了。」

「辛苦了。」

「嗨，妳們倆也辛苦了。」

一見到模特兒出勤，頭套內褲的惠太才將視線從平板上抬起。

在教室時沒有察覺到，他的表情顯得相當疲憊……

「你好像很累耶，還好嗎？」

「還行……現在剛好，在煩惱胸罩要怎麼設計……」

「啊，在那之前你能先把頭上的內褲拿下來嗎？我在意到話都聽不進去了。」

「哦，這可真是不好意思……」

變態老老實實將內褲脫下。

正當我心想他打算拿那簡潔可愛的內褲怎麼辦時，他竟然像是收好手帕一樣，將內褲收進西裝上衣的口袋中。

「我現在正在設計能讓胸部變不顯眼的胸罩，是給小雪用的，說實話不太順利。」

「是說浦島同學，你稱長谷川同學為小雪喔。」

「這是她的指示，她說我好歹也是充當男友，所以要我直接叫名字。」

「雪菜同學原來是假戲也要認真演的類型。」

根據重視演戲品質的假女友之指示，他們倆似乎得直呼彼此名字。

「至於這次內衣碰到的瓶頸，說簡單點就是做不出可愛的設計。」

惠太將平板給我看。

上面畫著女性的上半身，以及灰色的胸罩……

「這該怎麼說呢……」

「看起來有點俗呢……」

他畫到一半的，是件全罩式的胸罩。

正如其名，是將罩杯部分包覆整個胸部的設計，由於布料較多，所以變得像絢花所說的一樣，看起來會有些俗氣、不太可愛。

「就不能再減少布料嗎？」

「若是普通尺寸的胸罩我就會這麼做，不過小雪的胸部分量實在是非同小可，減少了穿起來會不太自在。」

「尺寸太大，會有什麼地方不同呢？」

「舉例來說，胸部大的女生最為人所熟悉的煩惱就是肩膀痠痛。」

「這確實時有耳聞。」

只要提到巨乳，這個話題就必定會登場。

「水野同學，妳知道自己的胸部有多重嗎？」

「不，這麼一問我還真的不知道。」

「D罩杯的話一邊胸部大概是380公克，差不多是一個大顆的葡萄柚那麼重。」

「還挺重的呢。」

「附帶一提，G罩杯的話單邊胸部就足足約一公斤重，比小顆哈密瓜還重。」

「這麼重喔……」

「所以巨乳女生，可說是無時無刻抱著兩公斤的啞鈴。」

「胸部大也真辛苦啊。」

D罩杯就已經有點重了，再超出一倍以上的重量實在叫人難以想像。

看來胸部大也不完全是好事。

「至於我想表達的，就是要支撐這麼大的胸部，會使得胸罩設計有所限制。」

「話題總算拉回到胸罩上了。」

「基本上來說，內衣布料較少會顯得比較可愛。」

「確實是這樣呢，可愛的內褲通常也會比較小件。」

「但是要包覆哈密瓜大小的胸部，布料過少反而會令人憂心。」

「畢竟一不小心就有可能會露出來嘛。」

「所以無論如何，都必須比標準尺寸胸罩用上更多的布料，這就是大尺碼胸罩普遍都不可愛的主因。」

「原來如此……」

每次聽到他講解內衣都十分淺顯易懂，令我不由得佩服起來。

「我好像明白為什麼浦島同學會說自己不擅長設計大尺碼內衣了。」

設計要可愛。

強度要足以支撐大胸部。

而且這次還附加了「要讓胸部看起來變小」的難題。

怪不得惠太這名優秀設計師會為此苦惱。

「既然如此，在一定程度上降低設計標準也是無可厚非的吧？」

「不，這絕對不行。這事關我身為內衣設計師的威信，無論有任何理由，我都無法交出不可愛的內衣設計。」

「浦島同學……」

他對內衣製作的確是充滿著熱忱沒錯啦……

「不過，你現在不是碰到瓶頸嗎？」

「就是說啊……」

惠太在澪面前，如一隻被壓扁的史萊姆般趴倒在桌上。

「……光是大尺碼胸罩就夠難設計了，這次還追加了『讓胸部變不顯眼』的要求，我連該如何解決這問題都沒有頭緒……」

「讓胸部看起來變小，這果然很難嗎？」

「要做也不是做不到，事實上小雪就已經這麼做了。」

「啊啊，你說穿小一號的胸罩啊。」

「就我個人來說，是絕對不推薦女生穿不合身的內衣。要是時時刻刻擠壓胸部，會造成無可挽回的結果。」

「無可挽回的結果？」

「原本美麗的胸型會走樣，甚至整個變形。不合身的胸罩就是有這麼大的風險。」

「竟然有這種風險……」

我不禁摸了自己的胸部。

穿不合身的內衣竟然會如此危險，真是讓我大吃一驚。

「所以我才不想用纏胸布或束胸內衣之類的方法硬是去擠壓胸部，我必須盡可能減輕使用者負擔，來讓胸部看起來變小……」

「聽起來若非施展魔法就不太可能做到。」

「要讓小胸部看起來比較大倒是簡單多了。」

「你說把胸部集中托高的那個嗎？」

「對對，那個負擔較少，或是在胸罩內側塞墊子，根據方法能讓胸部看起來變大不少。」

讓不存在的東西裝作存在其實意外地簡單。

相反的，讓實際存在的東西看似不存在卻十分困難。

「我現在連草稿都還沒打好……得快點完成這個讓胸部變得不顯眼的胸罩，好讓小雪答應幫忙……」

「在那之前，浦島同學應該要好好休息一下比較好。」

「是啊，你都累到把內褲套在頭上了。」

「咦？可是……」

聽完澪和絢花兩人的意見，惠太面有難色。

然而，疲勞過度會降低工作效率是不爭的事實。

光是會把內褲套在頭上，就顯示出惠太已瀕臨極限，很顯然他現在需要休息——

「好啦好啦，今天先不工作。」

「惠太早點回去休息吧。」

兩位女生達成共識，從惠太手上奪走平板這吃飯用的傢伙，並再三提醒他要立刻回家休息。

◇

「被趕出門了……」

離開被服準備室後，惠太在教室門前呆站。

他現在的心情，就如同忽然被資遣，最後不知該如何打發時間，只能在公園長椅上發呆的上班族。

「……回家吧。」

反正平板被拿走也無法工作。

他背起沒放工作搭檔的書包走在校舍上，心想還是乖乖回家吧，於是前往教室大樓。

惠太抵達樓梯口，正打算走向鞋櫃時，忽然有人從身後向他搭話。

「咦，惠太學長？」

「嗯？啊啊……是長谷川同學啊。」

他一回頭，便看到擁有豐滿雙峰的學妹。

雪菜肩背書包，不知為何嘟起嘴巴看似不滿。

「稱呼錯了喔？要叫『小雪』才對啊。」

「是、是，小雪、小雪。」

「你看起來很不甘願耶……算了，我正好想連絡學長。」

「啊啊，抱歉……那件胸罩我還沒做好……」

「不，我不是為了那件事。」

看來她並不是來督促我製作胸罩。

「學長你要回去了吧？如果有空的話，能稍微陪陪我嗎？」

「可以是可以，妳是想去哪嗎？」

「是啊，請你現在陪我約會吧。」

「約會？也太突然了吧。」

「這個嘛，其實……我這發生了點問題……」

雪菜說著──並瞥向她身後的校舍走廊。

惠太循著視線看上去，發現好像有人躲在走廊角落。

「剛才那是……」

「雪菜親衛隊？」

「最近那些自稱『雪菜親衛隊』的人，都會像這樣尾隨著我。」

「之前不是有幾個沒事就跑來纏著我的人嗎？」

「啊啊，那幾個看起來痞痞的……」

「他們懷疑我和學長之間的關係，說你明明是男朋友卻不常在一起，也不曾見過我們倆一起回去。」

「實際上，我們的確不是真正的情侶啊。」

時間久了會露餡也很正常。

「可是，光是懷疑就搞跟蹤也太過火了吧？」

「他們是不至於追到校外，所以還好。只不過——如果我和心愛的男朋友一起回家的話，那就難說了？」

「唔姆……」

我立刻理解她那別有意涵的說詞。

「我懂了，你是想約會給親衛隊看，讓他們信以為真。」

「學長理解得這麼快真是幫了大忙。」

雪菜欣喜地微笑，或許是因想出鬼點子而開心。

「就趁這次機會讓那些人把我們交往當成事實，為了順利騙過他們，今天學長可是要全力裝作我的戀人喔？」

「好吧，畢竟這也是契約內容的一部分。」

假裝她男朋友是她協助的條件。

所以約會自然也在條件範圍內。

（儘管那兩人叫我快點回家休息，但這不是在工作，她們應該能放我一馬吧。）

兩人得出結論後，便換好鞋子親密地離校了。

這對戀人並肩移動到車站，而任務也就此開始。

首先兩人一起買了鯛魚燒吃，接著跑到遊樂場玩賽車遊戲，甚至還手牽手走路。

玩了一個段落後，惠太被學妹帶進知名連鎖咖啡店裡。

他們點完飲料，拿著咖啡和芒果奶昔坐在窗戶附近的座位。

「嗯～♪甜甜的好好喝～♪」

雪菜坐在對面位子上，笑容滿面地喝著新品飲料。

「能被人用這麼開心的表情喝，對芒果奶昔來說也是相當幸福的事吧」

「這個新品我想喝好久了，只可惜一個人不方便進這種店。」

「那妳邀水野同學或絢花不就好了。」

「我是有考慮過啦，不過……」

「不過？」

「突然邀請她們……會不會被認為我在裝熟啊？」

「她們才不會這麼想呢。」

那兩人被可愛學妹邀約絕不可能這麼想。

最起碼不會覺得她是在裝熟。

雪菜聽了卻露出不安且僵硬的表情坦白：

「我小學時都在忙著工作，國中也沒交過朋友，所以不知道要以怎樣的距離跟同年齡層的人往來。」

「妳剛才邀我倒是挺自在的啊。」

「那不一樣，現在惠太學長可是我男朋友。」

「是是，就讓我這男朋友好好服務妳吧。」

「啊，既然如此，能不能一起拍張照？」

「可以啊。」

我一同意，學妹便起身走到我身旁。

我們靠在一起，彷彿是真正的情侶般拍了張照。

「好耶，拍到跟惠太學長的合照了♪」

「妳好像很開心啊。」

「動不動就有人叫我拿出跟學長交往的證據啊。今天這場約會應該能騙過親衛隊，其他人看了這張照片也應該能接受吧。」

「真給他們看了，怕是我這邊會再次炎上……」

光是現在就已經被不特定多數男生給怨恨了。

真不希望她事到如今還火上加油。

我試著想像一下外頭那些親衛隊現在是什麼表情，真是太恐怖了，我怕到根本不敢往窗外看。

「我把這張照片傳給學長喔。」

就在一旁的雪菜拿著手機打算傳照片時。

「啊……」

似乎是收到新訊息，她確認內容後停下動作。

「是誰啊？」

「是柳小姐……就跟之前一樣，問我想不想復出。」

「她還沒放棄啊。」

「她從沒放棄過，從我上國中辭掉工作，就一直沒有放棄……」

她說著，眼睛始終沒有離開螢幕。

她盯著訊息一陣子，最後沒回覆將手機收了起來。

「妳不回嗎？」

「不用了，我們難得出來約會，別聊這種鬱悶的事。」

她變回平常那模樣——

又或者是勉強表現成平常那樣，回到對面座位。

（小雪，她是不是想回去演戲啊……）

她從沒說過自己討厭演戲工作，沒有封鎖經紀人就是最好的證據。

若是真想打算跟演藝界保持距離，那應該會把所有關係都斷乾淨。

儘管想幫她，但她最大的問題就是對身體的自卑，即使我做好那件胸罩，大概也無法輕易解決……

這次工作，還真的是不好處理。

和學妹約會的隔天，午休前上體育課時。

惠太和秋彥身穿體育服站在體育館牆邊，兩人一邊閒聊，一邊排隊等打羽球順序。

「為什麼胸部會搖晃啊。」

「因為會晃才叫胸部啊。」

他們的視線，指向澪、真凜、泉的好朋友三人組。

她們在女生的運動空間做排球的托球練習，不光是惠太和秋彥，連其他男生都聚焦在她們身上。

擁有均衡且理想之身材的水野澪。

個頭較矮，胸型小卻十分漂亮的吉田真凜。

高個胸部也大，腰臀曲線更是叫人嘆為觀止的佐藤泉。

三位美少女齊聚一堂，不去看她們才真是失禮。

「佐藤同學托球好熟練啊。」

「她從國中就是加入排球社。」

「怪不得……」

惠太盯著泉的手看。

她的雙手能正確捕捉到落下的球，並以優美的姿勢將球托起。

「唔姆……」

接著他若有所思地模仿起泉的手部動作。

一旁的秋彥，則繼續看著女生問道：

「對了惠太，最近工作狀況如何？」

「還能怎樣，這次實在有點棘手。」

「讓胸部變不顯眼的胸罩」製作依舊觸礁。

尚未取得巨乳模特兒協助，代表吩咐的工作期限慢慢逼近，就連整體工作進度也快爆炸了。

「無法邀到長谷川同學幫忙，新作胸罩設計也遲遲沒進展，我都快喪失自信了。」

「哪有人能夠獨自搞定所有事情，又不是超人。」

「話是這麼說啦……」

「我覺得啊，惠太應該再稍微放輕鬆點。個性認真是無所謂，但凡事貪求不足是不會有好結果的。」

「是這樣嗎？」

「你想想看，女生若是來者不拒到處玩樂，到頭來也只會惹上一堆麻煩不是嗎？」

「那應該只是純粹的因果報應吧……」

聽起來似乎有點道理卻完全不值得拿來參考。

「總之啊，你就照平常那樣做就好了。就我來看，你已經夠努力了，你最近和水野相處得不錯，這不就是最好的證據嗎。」

「處得不錯？」

「之前她老頂著一副臭臉，最近倒是比較常笑。」

「這麼說來確實……」

惠太再次看向女生的運動空間。

澪在那做著排球練習，笑得十分開心。

接受模特兒工作前總是一臉憂鬱的她，已經徹底消失了。

「我是不清楚詳細情況啦，不過你解決了她對於內衣的煩惱對吧？那不就代表是惠太做的內衣，使她綻放笑容嗎？」

「……這樣啊，如果是的話那我真感到光榮。」

自己費盡心思所設計出的內衣。

如果她穿上就變得積極進取，那對設計師而言便是無上的喜悅。

「秋彥偶爾也會說些好話嘛。」

「你白痴喔，我本來就是名言製造機。」

「就當作是這麼回事吧。」

惠太默默向朋友道謝，再次提起幹勁：

「好吧，我就再努力看看。」

◆

事件發生在體育課後，澪在女更衣室換衣服時。

「說起來，浦島同學是什麼時候改成去追其他女生的？」

「……咦？」

正當澪脫下運動服，準備穿回制服上衣時，和她呈現同一副模樣的真凜如此問道。

「我昨天，看見浦島同學跟女生在車站前的咖啡廳喝茶聊天，那女生應該是一年級的長谷川同學。」

「是、是喔——」

看來是昨天和絢花合力將他趕出準備室後，他就和雪菜會合去約會了。

（我猜，八成是為了提高他這個假男友的可信度……）

畢竟只要拍了張合照，就能使謊言更具說服力。

就這層意義而言，兩人放學後去約會算是最佳選擇。

只不過，不清楚詳情的真凜似乎相當火大。

「我對浦島同學太失望了，之前明明那麼喜歡澪澪，竟然沒多久就變了心……果然男人全都喜歡胸部大的女生……」

「啊……」

說到底她原本就誤會了。

她得到的情報太過錯綜複雜，害我都不知道該從何解釋。

「不過小凜？他和小澪又沒有交往，不需要這麼生氣吧？」

「姆……」

已經換完衣服的泉前來安撫她，不過真凜的怒火似乎沒有平息。

她為我生氣這點確實讓我很開心啦……

（不過浦島同學被人誤會也太可憐了……）

惠太單戀澪、和巨乳學妹交往全都是有誤的情報，他本身並沒有錯。

我實在不忍心看一個沒錯的人被當壞蛋。

「真沒辦法……」

最怕的是真凜被怒火沖昏頭，最後直接跑去找惠太理論。

於是澪說明了概略情況給兩人知道，並附加叮嚀別說出去。

◇

當天放學，惠太在被服準備室的專用座位上抱頭苦惱。

「雖然早就知道了，不過真的沒這麼簡單啊……」

隨手丟在桌上的平板螢幕上，顯示著畫到一半的三視圖，進度和給澪她們看的時候差不了多少。

他不斷地畫了又改，儘管設計差不多成形，卻遲遲想不到令他滿意的靈感。

「讓胸部變不顯眼果然是最大障礙啊……根據洋裝的穿搭方式能讓胸圍看起來比較小，但這又不能用在制服上……果然只能把這功能加在胸罩上……」

他不斷碎唸構思點子，卻依舊得不出答案。

只能對著平板喃喃自語。

時間流逝，狀況仍沒有進展，到了下午四點時，準備室的門被打開，兩名女學生從門縫探頭。

「辛苦了。」

「你、你好……」

澪一如往常地打了招呼，而另一名看似緊張的人便是佐藤泉。

這名高個卻有點駝背的同學點頭示意。

「咦，佐藤同學？這還真是稀客。」

「那個……其實，我是有事想找浦島同學談……」

「找我談？」

「我聽澪說，浦島同學是內衣專家。」

「原來如此，妳從水野同學那得知我是內衣專家啊。」

惠太重複著她的台詞並看向澪，澪則略帶歉意地別開視線。

「對不起……我一不小心就說出來了……」

「沒關係啦，我沒有刻意隱瞞。」

我只是沒有聲張，也沒要求將工作的事保密。

（這麼說來剛才出教室時，吉田同學說了「抱歉喔，不該懷疑你」，可能也跟這件事有點關係吧……）

無論如何，有女生為內衣而苦惱，我無法視而不見。

先來聽聽這隻迷途羔羊想談些什麼吧。

「那麼，妳有什麼事想找我談？」

「啊、嗯……其實我，一直為屁股太大而苦惱……」

「唔姆，煩惱竟然是屁股太大啊……」

惠太坐在椅子上，望向對方的下半身。

忽然被男生以熱切眼神看著，泉嚇得側身遮掩，這麼做正好能觀察到她的臀部曲線。

正因為身材高䠷，穿短裙更能凸顯她的長腿。

全身包含三圍在內都玲瓏有緻，腰身也無可挑剔。

而她的臀部則非常緊實，總體而論我的感想是「非常感謝妳誕生在這世上」。

「確實，我經常認為佐藤同學的臀部曲線十分出色。」

「咦？」

「啊啊，妳別在意他講的，繼續說吧。」

「嗯、嗯……」

澪催促道，泉雖感到困惑仍繼續說下去。

「所以，那個……有沒有什麼辦法能讓臀部看起來變小呢，或是有什麼塑身內衣能推薦給我？」

「唔姆唔姆，讓臀部看起來變小的辦法啊。」

看來佐藤同學想要一件讓臀部變得不顯眼的內褲。

在身體相關的種種煩惱中，介意屁股太大的女生不在少數。

我確實有幾個能讓臀部看起來較小的辦法，若是她期望，我當然很樂意介紹給她，不過——

「那種東西，佐藤同學完全不需要！」

「咦咦咦!?」

內衣專家得出的結論，是佐藤泉並不需要穿塑身內衣。

儘管惠太的咆哮嚇到泉，然而早已習慣他變態言行的澪只是碎唸著：「又開始了……」並在一旁觀望。

「妳的屁股並沒有大到需要介意，豈止如此，甚至能說是非常緊實出色。」

「可、可是我，臀圍有90公分以上啊？」

「那是因為佐藤同學個子較高，其他尺寸自然也會跟著提升。」

「是、是這樣嗎……」

「關於內衣和身體的事我絕不會說謊，今天也是，托球時的佐藤同學甚至讓我看到入迷了。」

「咦……」

惠太誠實表白自己在體育課時在一旁偷偷看她，使泉聽得目瞪口呆。

她淨白的臉頰羞得通紅，接著又扭扭捏捏、靜不下心。

她的個子高，舉止卻可愛得像隻小動物似的。

「我不是說塑身內衣不好，不過用內衣硬是壓抑身體會產生各種負面影響，即使不去依賴那些道具，佐藤同學的屁股也是非常有魅力——」

惠太說著說著便興奮起來，忽然站起身雙手抓住泉的肩膀。

「要調整這臀部曲線真是太可惜了，妳難得有如此美麗的屁股，應該對自己更有自信才對。」

或許是因為沒被人稱讚過屁股。

泉羞得滿臉通紅頻頻點頭。

「……是說浦島同學，你是打算抓著泉到什麼時候？」

「抱歉，失禮了。」

聽澪這麼一講，惠太便把手放開。

他一與對方保持正常距離，就發現泉不時偷瞄向自己。

「那個……浦島同學？我方便問個問題嗎？」

「什麼問題？」

「浦島同學，你喜歡……屁股大的女生嗎？」

「該說是喜歡嗎……應該說是愛也不為過吧。」

「……這樣啊。」

泉聽了這真情告白便小聲碎唸道，接著開心地笑說：

「謝謝你，浦島同學。我會試著對自己的身體更有自信點。」

「那真是太好了。」

就這麼，陪佐藤同學談煩惱一事就此告一段落。

她踏著輕快腳步走向出口，感覺連駝背也稍微改善了，接著她轉開門把。

「小澪，謝謝妳。」

離開前還不忘微笑道謝。

客人離開後，澪將雙手放在身後靠近惠太說：

「你立了大功呢，浦島同學。」

「我只是把心裡的話照實說出來而已。」

「可是，泉聽了非常開心喔。」

「是啊。」

能造福他人果然是件開心的事。

而女孩子因我做的內衣或是話語所綻放出的笑容，更是有著無可取代的魅力。

「下次乾脆拜託佐藤同學當內褲模特兒好了。」

「泉她社團活動很忙，我覺得應該挺難的。」

「那還真是可惜。」

「不過真的太好了，泉她一直很在意這件事。」

「那怕我是內衣專家，她都煩惱到願意找同班男生談這件事了。」

要對異性講述自己身體上的自卑之處，是需要相當大的勇氣和覺悟。

能夠解決她的煩惱真是太好了。

「浦島同學總是真摯地面對女生這點，我其實挺喜歡的。」

「聽起來好像在對我告白啊。」

「請不要太得意忘形。」

她說著邊別過頭去，彷彿在敘述著「最好是啦」。

變回平時那模樣的澪，隨後又低下頭，神情顯得有些落寞。

「希望長谷川同學，也能對自己的身體更有自信……」

「……咦？」

這一剎那，一股難以言喻的不協調襲來。

我想她應該是不經意說出這句話。

泉找惠太商量之後便得到救贖，要是為胸部感到自卑的雪菜也能接受自己的身體就好了，她或許是如此心想才會這麼說。

不過，這句話對我卻有如當頭棒喝——

「……浦島同學？」

「抱歉，水野同學……我有急事先走了。」

惠太如此告知困惑的澪，接著將工作道具塞入書包後便衝出準備室。

（我到底在幹什麼啊……？）

我快步走向玄關，並自問自答著。

（為什麼，我會去做什麼讓胸部變不顯眼的胸罩……？）

我悔過自責地想，為什麼沒有察覺到自己完完全全錯了。

（做出讓胸部看起來變小的胸罩……這不就等同於否定小雪的魅力嗎……）

我明明叫泉要對自己的屁股抱持自信。

卻想為雪菜準備束胸內衣。

自相矛盾也該有個限度啊。

「難怪我想不出任何點子，因為我想做的，是能讓女孩子綻露笑容的內衣啊。」

秋彥說得對。

一心投入於工作中，卻忘記最重要的事。

我貪求不足，導致迷失了自我。

想要挖角巨乳模特兒，或是交換條件什麼的，那些根本就無所謂，打從一開始，最重要的事就只有一個。

做生意的基本原則，就是得滿足顧客需求。

就這層面而言，惠太的選擇並沒有錯。

但若是真心為她著想，就不能只顧慮她的需求。

要怎麼做才能讓她發自內心歡笑，這才是這次企劃的起點。

「……得好好感謝水野同學啊。」
我到底是為了什麼從事這份工作。
多虧她，我才能回想起自己的初衷。
「我得快點回去，做出能讓小雪嶄露笑容的內衣才行！」
時間依然緊迫，不過總算是決定方向了。
腦中浮現的靈感正是我的強項。
我要製作能引出女孩子魅力，且可愛又舒適的內衣來擄獲那個囂張學妹的心。

隨後，惠太直奔自家公寓，他強忍躁動的心情進入電梯，朝七樓的家前進。
他在玄關脫鞋時走廊上房門打開，妹妹正好走了出來。
「啊，哥哥，歡迎回來～」
身穿方便行動的襯衫和短褲，頭髮束成側馬尾的妹妹以悠哉語調歡迎惠太回家。
「我回來了！——抱歉，姬咲，今天晚餐能給我準備飯糰嗎？」
「嗯？飯糰？」
姬咲頓時歪頭感到不解，沒一會就察覺理由同意說：
「瞭解——我多準備豬肉湯以便你補充營養。」
「謝謝。」

惠太向貼心的妹妹道謝後，便進入自己房間。

他放好書包，迅速換上便服後就坐在書桌前。

接著從書包取出慣用的平板，打開桌上檯燈，將畫到一半的資料刪得一乾二淨。

「——好，開工吧。」

惠太拿起觸控筆，在潔白的畫面上畫線。

他不使用畫到中途的設計。

而是選擇從內衣的基本設計開始。

他思考著即將穿上這件內衣的女孩子，精雕細琢地畫著。

腦中形象逐漸化作形體。

與內褲相比，胸罩的造型較為複雜，但設計自由度也相對較高。

包覆胸部的罩杯形狀。

胸口緞帶和肩帶造型。

就連大幅影響可愛程度的布料面積，也全都任憑設計師自由發揮。

這是內衣設計師最辛苦，同時也是最愉快的作業。

他嘴角上揚、專心致志地動手作畫。

途中姬咲拿著晚餐進來，他吃完塞了酸梅的飯糰和料多豐盛的豬肉湯養精蓄銳，又再次投身於工作。

胸罩設計完後，便開始著手設計成套的內褲。

內衣應該是上下合為一套，兩邊都不可忽視。

他投注心血設計出能搭配可愛胸罩的內褲，使兩者相輔相成，使魅力提升到最高點。

惠太就這麼通宵畫著設計圖。

當他停筆，外頭已經迎來早晨——

「……畫好了。」

畫面中顯示的，是一套不帶偏心來看，仍富含魅力的內衣。

他傾注自身的一切，完成了最棒的內衣。

◆

浦島惠太傳訊息請雪菜出來，已經是他們起初談好條件一週後的事了。

「學長說內衣做好了希望我穿上……這個，真的得讓浦島學長看嗎？」

「我們是這樣講好的。」

「姆……」

現在是放學後，惠太和雪菜兩人在被服準備室，而雪菜裹著窗簾隱藏身體。

只有臉露出來，看起來簡直像隻蓑衣蟲。

這似乎是她最後的抵抗，然而惠太卻不允許。

「我可是答應了小雪的條件，那麼妳也要遵守約定當模特兒才對啊？」

「我、我知道了啦！」

縱使她心裡有千百個不願意，事到如今也無法反悔。

雪菜做好覺悟，從窗簾露出身體。

「哦哦……」

「…………」

在這先說明清楚，現在的長谷川雪菜並不是完全只穿著內衣。

她穿上了惠太坐的內衣，卻勉為其難穿著裙子，她身上只有那層神祕的薄紗保護著內褲不被看見。

儘管如此，惠太仍是不禁驚嘆，因為這位模特兒胸部的破壞力實在非同小可。

只能說是G罩杯還真不是浪得虛名。

她根據事前指示，將雙手放在身後以便看到乳溝，使得被淡紫色胸罩包覆的胸部完全嶄露，而惠太的視線便自然集中在那個部位上——

雪菜被異性以熱情眼神注視著，臉蛋頓時羞得火燙，且坐立難安地扭捏起來。

「嗚啊……這、真的超級害羞……」

「這還只有胸罩而已，要讓我看到內褲才行。」

「說到底的，光讓男生看到胸罩就已經夠奇怪的了……」

「嗯嗯，尺寸跟小雪剛好貼合，真是太好了。」

「學長，拜託你聽我說話好嗎。」

雪菜傻眼地說完後，便站在鏡前，確認自己穿的內衣。

惠太給她的事前扣式的胸罩，而且不是大尺碼胸罩常有的全罩式，而是盡可能減少布料用量，展現出女性魅力的設計。

「我本來聽說高中生當內衣設計師還半信半疑，沒想到真的做出來了……而且比我穿過的任何胸罩都還要舒適……」

材質柔軟，卻牢牢支撐住胸部，甚至連肩膀都輕鬆不少。

（最重要的是……好可愛……）

大尺碼胸罩多半都不太起眼。

然而在壁掛鏡中映出的內衣，真的是非常可愛。

不過是換了件內衣，就彷彿變個人似的，這令雪菜看得心動不已。

「我好像是第一次穿前扣式的胸罩……」

「畢竟這設計市場上比較少見到啊。」

「是這樣嗎？」

「一般胸罩為方便調整會做成三排背扣式，而前扣則只有一個，較難配合胸部進行調整，若不是去店裡試穿過，就很難找到完全合身的尺寸。」

「咦？可是我並沒有試穿過啊……」

「這點問題不算什麼，之前在走廊撞到小雪時，我就已經完全掌握妳的胸部尺寸跟形狀了。」

「在那一瞬間!?」

短短幾秒就能正確掌握女生胸部，這究竟是什麼超能力。

「前扣雖然不好挑出合身的，但也有個好處。」

「好處？」

「妳穿上胸罩前後，看起來有沒有什麼改變？」

「這麼說來……」

我再次望向鏡中的自己。

「……咦？怎麼好像，看起來變瘦了……」

「因為前扣式胸罩具有使胸部更加集中的效果，這能減少胸部整體的幅度看起來顯瘦。我把前面的布料減少，所以相對把背帶腋下處做粗，就跟排球的托球一樣，從左右支撐胸部會比較穩定。」

「這樣啊……」

這似乎是看排球社女生練習所浮現出的點子。

我佩服地發出讚嘆，然後盯著鏡中映出的胸口看來看去。

「……可是學長？」

「嗯？」

「這件胸罩，完全沒讓胸部看起來變小啊？」

「啊，妳發現啦？」

身體線條確實變得纖瘦。

估計就算穿著制服也會看起來變瘦，這胸罩雖成功讓胸型變美，卻沒有讓分量看起來變小。

這怎能算是我所要求的「讓胸部變不顯眼的內衣」。

「這麼講有點突然，但我是真心認為，小雪非常美麗。」

「咦!?學、學長突然說這幹麼……？」

「我說真的，真的是越看越美麗——小雪的胸部。」

「啊，是在講胸部啊……也對啦……」

能別用這種會讓人會錯意的講法嗎。

都怪他突然說起胸部話題，害我雙手不由自主遮住胸部。

「我之所以設計出這胸罩，就是不希望妳將如此美麗的胸部隱藏起來。身體是會陪伴妳一輩子的重要夥伴，我希望小雪也能喜歡上。」

「喜歡……？」

「內衣設計師的工作，是製作出能讓女孩子歡笑的內衣。我就是希望能讓小雪綻放笑容，才會做出這件內衣。」

他如此說著，並將雙手伸過來。

他抓住我遮掩胸部的手，接著輕輕將我的手放下。

「嗯——果然，非常適合小雪。」

「唔!?」

他露出溫柔的笑容，使我雙頰如燃燒般發燙。

比起再次露出乳溝，反倒是他溫暖的手令我感到害臊，就連心跳也快到自己都難以置信的程度。

（這是什麼感覺……為什麼，我心會跳得這麼快……？）

雖搞不清楚這是怎麼回事，但我覺得不能這麼被他牽著走。

因未知情感而焦躁不已的雪菜，與惠太拉開距離，並轉變話題來打馬虎眼。

「不、不過，學長說前扣式內衣很少見對吧？做這種商品不會虧損嗎？」

「最理想當然是大賣啊，就算賣量較少，也應該有其他像小雪一樣適合穿前扣式內衣的女生。就算沒辦法賣給絕大多數的女性，只要有人能夠瞭解我的內衣優點，或是需要這件內衣，我就會為了她們努力。」

「瞭解內衣優點的人……」

「小雪是不是也碰過這樣的人？」

「…………我碰過。」

聽了他的話我才想起。

「有……而且有很多……願意支持我的人……」

年幼的雪菜，曾收到過許多給她加油打氣的粉絲訊息。

那些人沒有提到胸部，而是說她「好可愛」、「最後那段演得很棒」，不論內容再怎麼無聊，雪菜當時看了都非常開心。

也許是注意力都被胸部的話題吸走，才會遺漏掉這些人支持的聲音。

「我也是，看到小雪演連續劇的樣子，覺得妳真的很厲害。」

「可是學長，到最後到沒發現我的真實身分啊。」

「又不能怪我，當時小雪還是個小孩，現在妳成長為一位美女，我當然不會發現。」

「學、學長又說這種話……」

又一不小心著了他的道。

這人到底想讓學妹害羞到什麼程度才罷休啊。

「是說小雪，關於我們的約定要怎麼辦？畢竟我沒有遵守我們一開始講好的條件，要是妳不喜歡，那模特兒的事就當我沒提過吧。」

「我又沒有說不喜歡……」

應該說，就是因為太喜歡了才麻煩。

況且，我還想不想穿讓胸部變得不顯眼的內衣，那又是另一回事——

「我並非做不出束胸內衣，不過我得先給妳個忠告，如果小雪的胸部忽然變小，反而會更加引人注目喔。」

「咦……？」

「大家看了說不定會講『咦!?雪菜的胸部怎麼變癟了!?』最糟糕的狀況，是大家說妳是愛慕虛榮才塞假奶裝巨乳。」

「嗚哇，這有夠討厭……」

正如他所述，胸部突然變小反而會讓人覺得不對勁。

而且身邊的人肯定會大肆宣揚這件事。

「怎麼辦？妳還想要做讓胸部變不顯眼的胸罩嗎？」

「好啦，我知道了啦！我放棄讓胸部看起來變小！」

「這才聰明。」

惠太笑說。

年長男生露出兒童般天真無邪的笑容，看得我還真不甘心。

「……老實說，惠太學長做的內衣很可愛。我站在鏡子前時，第一次感到不討厭自己的胸部。」

「那真是太好了。」

「不過，我還是無法立刻喜歡上……我一直為此而煩惱，難得學長說很漂亮，實在很過意不去……」

「沒關係，就照小雪的步調，慢慢去喜歡上就好了。」

「惠太學長……」

「未來我預定做出更多適合小雪的內衣，應該多少能消除妳對內衣的煩惱才對。」

「……嗯。」

光是聽到這句話，我就感覺到自己被救贖，不禁綻放笑容。

要承認這點確實有些不甘，但沒辦法，誰叫我就是感到開心。

「那個，學長？我決定，要繼續從事演員工作了。我想用自己的演技，去回應那些支持我的人。」

「這樣啊，妳決定要復出了。」

「先說好，我會決定復出，全都怪惠太學長做了這件內衣讓我回心轉意喔？既然是學長害的，之後要是又因胸部造成困擾，你可要負起責任安慰我啊？」

「這也未免太不講理了……既然你下定決心，就趁早聯絡對方吧，你的經紀人一定在等著妳。」

「是啊。」

決定要復出還是早點告知比較好，雪菜立刻從書包取出手機，打電話給經紀人。

雪菜先為讓對方等這麼久而道歉，接著傳達自己現在的想法……

講了幾分鐘後，雪菜掛斷電話。

「柳小姐說下次再慢慢聊，她聽起來非常開心。」

「那真是太好了。」

「是啊，這都多虧了惠太學長。」

我露出了發自內心的真正笑容。

這是我第一次對男生抱持著這樣的心情。

他製作了出色的內衣，緩解我對胸部的自卑，甚至還讓猶豫不決的我決定復出，

我心中充滿對他的感謝。

沒錯，我非常感謝他。

直到高中生內衣設計師浦島惠太，露出他的真面目為止——

「那麼，這次輪到妳遵守約定了。」

「……嗯？」

「假裝妳男朋友可是非常辛苦呢，我很期待小雪的回報喔。」

「欸……」

「其實我工作已經火燒屁股了，老實說真的沒剩下多少時間，所以現在就得麻煩妳幫我一把。」

「惠、惠太學長……？」

我為他那柔和，卻不容許他人拒絕的語調而顫慄。

他還不知道何時、從哪裡拿出一台數位相機。

他表情維持笑容，眼鏡底下的眼神卻絲毫不帶笑意。

「妳現在穿的內衣正好預定列入新作清單，總之先把裙子脫掉，讓我看看內褲做得如何吧♪」

「還、還請學長手下留情……」

拜託惠太假裝男友給他添了不少麻煩是事實。

雪菜無從拒絕他的要求，只能有生以來第一次在異性面前露出內衣，開始進行為檢查試作品和蒐集資料用的攝影會。

◇

某天放學後，三名ＲＹＵＧＵ的模特兒在被服準備室閒聊。

「沒想到雪菜同學，是那個童星雪菜啊。」

「我也看過妳演的連續劇，能復出真是太好了。」

「嘿嘿，不敢當。」

三人圍繞著桌子，絢花和雪菜比鄰而坐，而澪坐在雪菜對面。

她們在這只有女生的房間裡，談著雪菜的近況。

「這真的得感謝惠太學長，雖然還沒完全克服對胸部的自卑，可是多虧學長的胸罩，我終於能夠向前邁進了。」

雪菜笑說，忽然又望向遠方碎唸。

「只是……沒想到得讓他拍這麼多羞恥的照片作為代價……」

「這件事我聽說了，居然敢在學校教室讓學妹半裸還拍下來，真不愧是惠太，根本就是超乎常人的大變態。」

「我認為浦島同學絕對有虐待狂傾向。」

竟然能以爽朗燦笑提出如此羞人的要求。

他根本以欺凌女生為樂。

「學姊們都不知道惠太學長有多過分，我已經害羞到不行了，他還要求我擺出各種姿勢，並以各種角度拍攝……都說了好幾次『求你饒了我！』但他就是不肯停下……」

「直言不諱地說，浦島同學簡直差勁透頂。」
「不過那畫面，我還真的有點想看呢。」
澪露出了鄙視垃圾的眼神，而最愛女孩子的絢花則是一臉興奮。
三人趁本人不在場，不斷數落惠太。
而雪菜的告密還沒結束。
「那時，我真的感到非常害羞……竟然在男生面前露出內衣，不止被要求做女豹姿勢，就連乳溝也讓他拍了……」
「他真的叫妳做女豹姿勢喔……」
「還拍乳溝特寫……這真的，太過分了……」
女豹姿勢很顯然與工作沒半點關係。
惠太的要求實在差勁過頭，現在不只澪，連絢花都不禁同情起學妹。
「惠太學長，似乎是真心討厭被我的親衛隊纏上……」
「啊啊，所以他才這麼火大啊。」
「所以我實在無法違逆學長……我不斷被男人命令，明明懊悔不已……可是，我卻這麼地……我自己也覺得很怪——」
雪菜害羞地說著，突然又露出了心醉神迷的表情。
「最後，我竟然感到有點興奮♡」

「欸……」

原來長谷川雪菜，有著隱性的被虐傾向。

在不久後的未來，她才察覺自己的這個性癖。

◆

五月下旬的某個夜晚，「她」在某座超高層公寓大廈的其中一戶，躺在沙發上玩手機。

這名褐色肌膚的少女，穿著毛絨絨的居家服打開推特。

只要用這媒體，任誰都能輕鬆發布訊息，她一邊哼歌，一邊看新作內衣的相關推文——

「……咦？」

少女滑到某個畫面停下手指。

「這是……」

引起她興趣的，是剛發出去的某個附圖推文。

發布推文的，最近回歸演藝界的前童星「長谷川雪菜」。

畫面是放在床上，一套帶標籤的內衣。

「ＲＹＧＵ的新作內衣——♪這件前扣式的胸罩，極度推薦給胸部大的女生！」

投稿內文大致上是這樣的內容。

「ＲＹＧＵ的新作……」

這個關鍵字，令少女露出凶狠的表情。

看似生氣，眼神中含帶敵意的少女，直盯著照片看。

「啊……」

她看了一陣子，忽然察覺某件事。

她在意的是照片右側。

放著內衣的床上，似乎拍到某個類似衣服的藍色布料。

那塊布基底是藍色，卻有著十分獨特的白線——

「…………」

她稍稍陷入沉思，接著關閉應用程式，從通話紀錄打電話給某人。

「啊……喂喂，爸爸？現在有空嗎？」

她為突然連絡一事道歉後，簡潔地說明目的。

「嗯……我有件事想拜託爸爸調查。」

終章

那一天，吃完午餐的惠太，在教室窗邊座位看起手機，此時澪走到身旁對他搭話。

「浦島同學，你在看什麼？」

「小雪的新聞，她好像拿到連續劇的角色。」

「咦、好厲害喔。」

「聽說她不當童星之後，也從未間斷過演技訓練。」

退出演藝圈後，她仍不斷自主練習。

正如惠太所料，雪菜從一開始就對演藝圈有所眷戀。

「無論如何，這下小雪可終於回歸了。」

「就是啊，浦島同學假裝她男朋友也辛苦了。」

「真的是辛苦了。」

學妹復出後，惠太終於能從假男友這任務終解放。

親衛隊也不再糾纏不清，終於能再次享受自由。

「小雪好像公開說過，回歸演藝界後不打算跟任何人交往，所以再也沒人向她告白。」

「畢竟她工作似乎很忙嘛。」

「她會繼續當ＲＹＧＵ的模特兒就是了，像她這樣的奇才可是非常少見，之後也得讓她好好工作，呵呵呵……」

「浦島同學，你的表情好邪惡。」

「哦，一不小心……」

被澪這麼一講，惠太便收起邪惡表情。

「是說水野同學，今天放學後有空嗎？」

「有是有，怎麼了嗎？」

「新作的試作品送到了，我想請水野同學試穿。」

「試、試穿……」

畢竟是在教室，所以兩人小聲對談，但是澪仍藏不住心中動搖。

「妳還覺得穿內衣被看見會害羞？」

「當然會害羞啊……」

澪雙頰泛紅，以帶有怒意的輕蔑眼神看向他。

不論是下雨時，還是察覺絢花本性時，澪的內衣已經被惠太看過無數次了，即便如此，她仍對露出肌膚感到抗拒。

「不過，我已經答應過你要幫忙了，況且我也很在意新作長怎樣。」

「那麼，放學後到我家集合吧，這次新作也是超級可愛，妳就好好期待吧。」

澪一聽到這句話，眼睛便閃閃發亮，開始想像那件未曾謀面的內衣。

然而說到期待，惠太也與她相同，他光是想像澪穿上這件內衣會露出怎樣的表情，就感到期待不已。

◆

當天放學，心想接下來即將脫掉衣服的水野澪，神情緊張地拜訪惠太家。

「來，請進。」

「打、打擾了……咦，這是？」

惠太打開門請她入內，而澪一進入玄關則停下腳步。

理由是她看到整齊擺放在寬敞玄關的兩雙鞋。

一雙是與澪尺寸相近的樂福鞋，另一雙似乎是小孩的運動鞋。

這是澪第四次拜訪，卻是她初次感受到惠太的家人在家。

「啊啊，她們倆似乎回來了。」

「你妹妹在家？」

「嗯，機會難得，我給妳介紹一下，去客廳吧。」

「好的。」

澪在玄關脫完鞋，便跟在惠太後頭。

兩人通過惠太房間和更衣室，朝走廊最深處的房間前進。

惠太稀鬆平常地轉開門把，兩人一同入內，然而眼前景象，直教澪出乎意料。

「這、這是……」

浦島家的客廳，那模樣簡直是難以形容。

客廳一旁是開放式廚房，裡頭擺放著沙發和大型電視，和一般的公寓客廳無異，不過在這休憩空間裡，卻有大量的異物（內衣）散落在地。

造型從可愛到有些性感應有盡有，這些五顏六色的胸罩和內褲，淹沒整個地板與視界，形成了一片內衣之海——

有兩位身穿內衣的少女，就站在這異世界的中心。

「啊，哥哥，歡迎回來。」

右手邊，綁著側馬尾，身穿綠色胸罩且胸圍豐滿的女孩子，笑著問候惠太——

「今天真早呢，旁邊那女生是惠太的女朋友？」

左手邊，是一位個子嬌小，紅頭髮束成馬尾，身穿橘色內衣的幼女，她一本正經地詢問道。

右手邊女孩子聽見幼女這麼講，便告誡她說：

「不行啦，姊姊，這樣講對初次見面的人太失禮了，說不定他們倆之間有著難以跟家人說明的複雜關係。」

「不，我們就只是普通的高中同學……姊姊？」

澪對她的說詞感到不對勁，便不由自主地看向綁側馬尾的女孩子。

她能理解綁側馬尾的女生稱惠太為「哥哥」，儘管她個子比澪還高又看似成熟，不過她年紀應該比惠太還要小。

澪之所以會疑惑，是因為她稱紅頭髮的幼女為「姊姊」。

「我先自我介紹，我叫做浦島姬咲，是惠太的堂妹，是這小個子姊姊的妹妹。」

「然後我是浦島乙葉，我是姬咲的姊姊。」

「咦？姊姊？乙葉小姐是姬咲妹妹的姊姊？」

紅頭髮幼女緊接在側馬尾少女姬咲後自我介紹，澪聽了不禁大吃一驚。

她交互看著姬咲和乙葉兩人。

「那個……沒講反？」

「沒講反，我是姊姊，別看我這樣，可是個大學生。」

「大學生!?」

多麼令人震驚的事實。

沒想到這個估計身高只有140公分左右的幼女，竟然是個大學生。

「對、對不起！我還以為……」

「怎樣？以為我是小學生？」

「呃……」

「沒關係，我不介意。」

「這、這樣啊……？」

她這麼說真是太好了……

「真的，我一點都不介意……我已經是成年人，都可以喝酒了……才不是什麼蘿莉……」

「妳分明就超級沮喪啊!?」

眼前這個合法蘿莉嘴巴說不介意，卻一副意志消沉的模樣。

「……所以咧？既然不是女朋友，那就是惠太的朋友？妳剛才說是同班同學對吧。」

「啊、是，我和浦島同學同班，我叫水野。」

「啊啊，妳就是那個新進的模特兒啊，水野加入後惠太的幹勁也跟著提升了，請容我以RYUGU的代表身分向妳致謝。」

「RYUGU的代表……是乙葉小姐啊……」

開創品牌的惠太父親現在人在國外，現任社長似乎是由她擔任。

「我聽惠太提過妳不少事情，年輕女性的內衣試穿員可是相當貴重的人才。」

「不，是我受他的關照。」

澪她們打完招呼，剛才一直保持沉默的惠太才終於加入對話。

「別管那些了，我有事要問乙葉……」

「啊，對喔。」

像是浦島姊妹為什麼穿著內衣，以及客廳為何會慘不忍睹。

澪對這些事也非常在意。

「為什麼妳們要試穿其他品牌的內衣!?妳們是穿膩了我做的內衣，打算移情別戀是嗎!?」

「咦，怎麼是問這個？」

不愧是變態設計師，就連思路也難以捉摸。

「白——痴，我在做市場調查啦。」

乙葉說完便撿起腳邊的胸罩遞給我們。

看來地上的內衣通通都是新買的，內衣上還貼著標籤……

「啊，是『KOAKUMATiC』，我最近常看到這品牌。」

「哦，妳知道啊。」

乙葉佩服地說，然後繼續解釋。

「正如水野所說的，這個簡稱『MATiC』的品牌，設計走可愛風格，而且價格經濟實惠，在年輕女性中有相當高的人氣。其他還有幾間近來業績攀升的品牌。」

「所以姊姊和我才會開始研究對手品牌的內衣。」

「所以說是在做市場調查啊。」

終於明白為什麼她們會穿著內衣了。

客廳這神祕景象，原來也是RYUGU工作的其中一環。

「總之，我只要做出比這個『MATiC』還要可愛的內衣就好了對吧。」

「嗯，話是這麼說啦……」

乙葉面對堂弟的問題，回覆得含糊不清。

「其實剛才發生了點問題……我們的打版師──池澤失蹤了。」

「咦!?」

聽到這句話的瞬間，惠太頓時面色鐵青。

「妳、妳是在開玩笑的吧……？」

「我哪可能開這種玩笑。」

「那麼，是真的……？」

「我也希望是假的，豈止聯絡不到她，她還傳了封電子郵件到我信箱，說是惠太丟給她太多工作，害她被男朋友甩了所以要辭職，那內容簡直跟詛咒信件沒兩樣。」
「竟然為了這種理由!?」
「總之，我們過度依賴池澤是事實，起碼她把手上案件都做完才失蹤，已經算很有良心了。」
「這樣算是有良心嗎……」
惠太茫然地嘟囔著，而無法理解狀況的澪則詢問乙葉：
「請問……池澤小姐是誰啊？」
「啊啊，服裝製作有一個職業叫打版師，簡單來說就是製作量產設計圖的重要人物，池澤小姐就是負責這個重要職務，順帶一提，內衣的樣品就是她做的。」
「這狀況……是不是很糟啊？」
「就我所知，這應該是ＲＹＵＧＵ有史以來最大的危機……」
惠太愁眉苦臉地說道。
身負重責大任的打版師失蹤了。
就連澪這個內衣製作的門外漢都知道，這肯定是非常要命的意外事件。
「眼下的最大難題，就是得趕緊找到頂替池澤的人手，沒有打版師就無法製作版型，當然更不可能發包工廠製作，這樣下去會無法推出夏季新作。」
「無法推出新作會發生什麼事？」

「這個……呃、就是、那個啦……資金周轉之類的會出問題——」

身穿內衣的乙葉，眼神游移地回答澪的提問，最後嚴肅地說：

「簡單來說，RYUGU・JEWEL會倒閉。」

後記

因為所以，我又開啟了新系列。距離前作《只要長得可愛，即使是變態你也喜歡嗎？》完結後僅僅過了三個月，就快速發行了這部《內衣女孩任你擺布》，大家還喜歡嗎？

在看點滿滿的第一集中，我最想高聲讚揚的莫過於封面插圖。澪拿著水藍色內衣，也未免太可愛了吧？這是ｓｕｎｅ根據花間所寫的內文所設計出來的，這品質超乎我的想像，真是讓我太興奮了。

當然女主角們也是畫得超級可愛。

未來還會不斷增加登場人物，還敬請各位讀者期待。

題外話，其實這次我為了製作這個以內衣為題材的作品，買了半身模特兒和好幾件內衣。這些東西預定某天會公開在花間的推特上給大家欣賞，有興趣的讀者還請關注一下。

在最後，我要感謝購入本書的各位讀者。

我會努力創作深受大家喜愛的長期作品，懇請各位多多支持。

花間燈

浮文字

內衣女孩任你擺布（01）

（原名：ランジェリーガールをお気に召すまま）

作者／花間燈　封面插畫／Sune　譯者／蔡柏頤
執行長／陳君平　榮譽發行人／黃鎮隆
協理／洪琇菁　國際版權／黃令歡、梁名儀
總編輯／呂尚燁　美術編輯／方品舒
執行編輯／丁玉霈　宣傳／陳品萱
出版／城邦文化事業股份有限公司　尖端出版
台北市中山區民生東路二段一四一號十樓
電話：（〇二）二五〇〇七六〇〇　傳真：（〇二）二五〇〇二六八三
E-mail：7novels@mail2.spp.com.tw
發行／英屬蓋曼群島商家庭傳媒股份有限公司城邦分公司　尖端出版
台北市中山區民生東路二段一四一號十樓
電話：（〇二）二五〇〇—七六〇〇（代表號）
傳真：（〇二）二五〇〇—一九七九
中部以北經銷／楨彥有限公司
電話：（〇二）八九一九—三三六九
傳真：（〇二）八九一四—五五二四
雲嘉經銷／智豐圖書股份有限公司　嘉義公司
電話：（〇五）二三三—三八五二
傳真：（〇五）二三三—三八六三
南部經銷／智豐圖書股份有限公司　高雄公司
電話：（〇七）三七三—〇〇七九
傳真：（〇七）三七三—〇〇八七
一代匯集／香港九龍旺角塘尾道六十四號龍駒企業大廈十樓B&D室
電話：（八五二）二七八三—八一〇二
傳真：（八五二）二七八二—一五二九
馬新經銷／城邦（馬新）出版集團　Cite(M)Sdn.Bhd.
E-mail：Cite@cite com my
法律顧問／王子文律師　元禾法律事務所
台北市羅斯福路三段三十七號十五樓

二〇二三年七月一版一刷

■中文版■

郵購注意事項：
1. 填妥劃撥單資料：帳號：50003021戶名：英屬蓋曼群島商家庭傳媒(股)公司城邦分公司。2. 通信欄內註明訂購書名與冊數。3. 劃撥金額低於500元，請加附掛號郵資50元。如劃撥日起 10～14日，仍未收到書時，請洽劃撥組。劃撥專線TEL：(03) 312-4212 ・ FAX：(03) 322-4621。E-mail：marketing@spp.com.tw

國家圖書館出版品預行編目資料

內衣女孩任你擺布 / 花間燈 作 ; 蔡柏頤 譯. --1版.
--臺北市：尖端出版, 2023.07
面 ; 公分. --(浮文字)
譯自:ランジェリーガールをお気に召すまま
ISBN 978-626-356-682-8(平裝)

861.57 112005805